진화의 열매
10
모르는 사이
성공한 인생
미쿠 Miku 지음
일러스트 U35 Umiko
KB012926

세이이치
사리아
카이저콩
“그럼 데스트라 씨.
능력 써 주세요.”

데스트라
적
“뭐?”
“정말이야!
뭔가 기운이 나!”

"——꺄아아아아아아아아!"
아멜리아 프렘 바르샤
여제

세이이치
"—으아아아아아아아아아아!"

리엘
기사
Bun
Bun
"네놈은 신인가,
신인 건가?! 어엉?!"
히이라기
세이이치
前 왕따
"아아아니니닌데데데
요요요오오오오오오오!"

"리엘,
스톱, 스톱!"
스인
첩보원

Contents

오랜만에 찾아간 『평온의 나무』에서 ····· 011
도망치는 『보통』과 잠재된 악의 ········· 019
헬렌 강화, 개시 ········· 029
던전 내의 이변 ········· 045
【절사】 데스트라 ········· 053
데스트라의 소지품 ········· 071
마법을 쓸 수 없는 숲 ········· 081
숲속 만남 ········· 089
말하는 나무와 결의 ········· 101
험난한 입국 ········· 121
세이이치가 할 수 있는 일 ········· 135
단결하는 바르샤 제국 ········· 155
세이이치류 해결책 ········· 177
불합리한 결말 ········· 193
헬렌의 귀향 ········· 213
번외 헬렌과 아멜리아 ········· 225
번외 루티아와 마왕군 ········· 235
번외 란젤프의 고뇌 ········· 243

진화의 열매
10
모르는 사이 성공한 인생

Miku 지음
미쿠
Umiko
U35
일러스트
송재희
옮김

오랜만에 찾아간『평온의 나무』에서

학원이 폐쇄되고, 헬렌이 자신을 단련시켜 달라고 부탁하여 다 같이 윔블그 왕국의 테르베르에 온 우리는 오랜만에 길드 본부를 찾아갔다. 그리고 어떤 던전에 대한 이야기를 듣고 그곳에 가게 되었다.

다만 그 이야기를 들었을 때 헬렌과 조라는 알의 감독하에 시험을 치르러 갔기 때문에 나중에 돌아오면 이야기해 줄 생각이다.

그리고 알과 약속한 대로『평온의 나무』앞에 오니 감개무량한 기분이 들었다.

"뭐랄까…… 여기 오니까 돌아왔다는 실감이 드네."

"그러게…… 이 도시를 떠날 때 다들 우리를 배웅해 줬으니까!"

내 말에 동의하며 사리아도 상냥하게 미소 지었다.

살짝 감상에 젖어 있으니 누군가가 내 소매를 잡아당겼다.

"……세이이치 오빠, 안 들어가?"

"어? 아, 응. 미안, 미안. 갈까."

소매가 당겨진 김에 그대로 오리가의 손을 잡자 그녀는 조금 쑥스러운 듯 웃었다.

"아! 그럼 나도 오리가랑 손잡아야겠다!"

"……와아."

사리아도 나를 따라 오리가의 반대편 손을 잡았다.

그 모습을 뒤에서 보고 있던 루루네가 불쑥 중얼거렸다.

"……좋겠다."

"응? 너는 어린아이가 아니잖아?"

"그, 그런 문제가 아니야! 나도 주인님이랑……."

루티아의 말에 과하게 반응하는 루루네를 오리가가 힐끗 쳐다봤다.

"……훗."

"아아아아아아아아아?!"

오, 오리가? 방금 완전히 코웃음 쳤지?

오리가의 어두운 면에 가볍게 질겁하며 여관에 들어가니 기운찬 목소리가 인사했다.

"아! 어서 오세요~! ……어? 세이이치 씨?!"

"메리!"

"오랜만이야."

우리의 시선 끝에는 여관 내 라일 씨의 식당에서 바쁘게 일하는 메리가 있었다.

메리는 눈을 동그랗게 뜨고서 우리를 보다가 곧장 정신을 차렸다.

"헉?! 엄마, 엄마~! 세이이치 씨가, 세이이치 씨가 돌아왔어~!"

"뭐~?!"

잠시 후 조금 당황한 모습으로 『평온의 나무』의 여주인인 피나 씨와 그 남편인 라일 씨가 우리 곁으로 왔다.

"세이이치 군, 사리아 양! 그리고 오리가와 루루네까지…… 다들 오랜만이야!"

"건강해 보여서 다행이야."

"하하하…… 뭐, 이런저런 일이 있었지만, 일단 건강하게 지내고 있어요."

한 번 명계에 갔으니까 죽기도 했지만 말이지.

"아무튼, 어쩐 일이야? 어떤 학교의 강사가 되는 의뢰를 받지 않았던가?"

"아…… 그게 말이죠, 최근 정세라든가 여러 요인 때문에 해고돼서……."

"뭐?!"

"아…… 그, 그런가……."

"해고?! 잠깐만 세이이치 씨, 괜찮은 거야? 사리아 씨와 길거리에 나앉는 건 아니지?"

"아니, 그렇게까지 가난하진 않아."

메리가 호들갑스럽게 놀란 것은 아마 살짝 어두운 분위기를 바꾸기 위해서일 것이다. 역시 간판 아가씨라 그런지 미세한 분위기 변화도 놓치지 않는다.

그리고 돈은 썩어 날 정도로 많다. 지금 스테이터스가 가출 중이라 정확한 금액은 알 수 없지만. 애초에 가출하기 전부터 돈을 세는 건 그만뒀었고. 이제는 금전 감각 따위 전혀 없는 상태로 생활하고 있다. ……이 말만 들으면 글러먹은 인간인데?

"응응! 안 좋은 질문을 했네. 그럼 여기 온 건 숙박 때문이려나?"

"네. 아, 나중에 세 명 더 올 거예요."

"그러면…… 전부 여덟 명이구나. 세이이치 군, 어느새 일행이 많아졌네."

그러게나 말입니다. 그러자 메리가 히죽히죽 웃으며 팔꿈치로 나를 찔렀다.

"세이이치 씨도 참~ 보통내기가 아니라니까~! 우리 가게에서 너무 음란한 짓은 하지 말아 줘~."

"무슨 소릴 하는 거야?!"

오리가도 있는데 무슨 터무니없는 소리를 하는 거야!

아저씨처럼 음흉하게 웃는 메리와 대조적으로 사리아는 어리둥절한 모습이었다.

"음란한 짓?"

"에이, 시치미 떼기는~! 이런 짓이라든가 저런 짓이라든가 하고 있잖아~?"

"성희롱이 너무 심하지 않아?!"

피나 씨랑 라일 씨도 이 아이를 좀 말려 주세요! 오리가의 교육에 안 좋다고요!

그리고 메리가 상상하는 그런 일은 이제껏 없었다. 내가 허당이기도 하고, 그럴 기회나 분위기도 없었고, 무엇보다 나는 사리아와 함께 있는 것만으로도 행복하다. 애초에 그런 걸 생각할 여유도 없었다고 해야 하나, 생각조차 안 했다. ……어라? 이거 내가 이상한 건가? 혹시 세상의 학생 커플들은 더 앞서 있나?

내가 압도적으로 늦는 것일지도 모른다는 것을 깨닫고 떨고 있자, 그런 내 모습을 보고 무슨 생각을 했는지 메리의 눈이 휘둥그레졌다.

"자, 잠깐만…… 거짓말이지?! 같이 학원에 갔었고, 무엇보다 이 도시에 있을 때도 같은 방을 썼으면서 아무 일도 안 일어난 거야?!"

"그, 그럼 안 돼?"

생각해 봤지만 나는 잘 모르겠다. 지금까지 여자랑 사귄 적이 없었고, 다른 사람한테 상담한 적조차 없으니까. 아는 게 전혀 없었다.

"며, 멸종 위기종이야……. 여기 멸종 위기종 수준으로 순수하게 교제하는 커플이 있어……! 세상의 커플들은 엄청 문란한 거 아니었어?!"

"어디서 나온 정보야?"

한쪽으로 치우친 그 생각은 뭐야. 얼마나 카오스한 세계인 거야. 너무나도 거시기한 발언이라 어이없어하고 있으니 피나 씨가 이마를 짚으며 메리를 툭 쳤다.

"아야!"

"메리…… 다양한 얘기를 듣는 건 좋지만, 좀 더 평범한 정보와 일반적인 커플을 알렴……."

"뭐~?"

"……아빠로서는 실격일지도 모르지만, 이쯤 되니 메리가 얼른 남자 친구를 사귀었으면 좋겠구나. 그러면 일반적인 커플이 어떤지도 알 테고……."

라일 씨조차 피곤한 듯 웃으며 그렇게 말했다.

메리는 간판 아가씨인 만큼 미소녀고, 남자 친구 같은 건 금방 생길 거다.

"……뭐, 좋아. 그래서 방 말인데, 모두 같은 방을 쓰는 건 역시 무리야. 하지만 3인실 두 개와 2인실 하나라면 마침 비어 있어. ……어떡할래?"

"그럼 그렇게 방 세 개를 빌려도 될까요?"

"알았어. 대충 얼마나 머물 예정이야?"

"으음…… 별로 생각해 보진 않았지만, 일단 한 달 치 숙박비를 낼게요."

여덟 명의 한 달 치 숙박비를 바로 피나 씨에게 건네자 그

녀는 미소 지었다.

"네, 확실하게 받았습니다. 그런데 만약 이대로 이 도시에서 계속 활동할 거면 돈을 모아서 집을 빌리거나 사는 편이 나을지도 몰라."

"네?"

"그렇지. 여관 사람이 할 말은 아닐지도 모르지만, 그래도 오래 체재할 거면 계속 여관방을 빌리기보다 집을 사는 게 더 싸게 먹히니까."

"그렇군요……."

집을 빌리거나 사자는 생각은 지금껏 해 본 적이 없었다.

하지만 불안정한 현 정세와 이 테르베르를 거점으로 활동해 나갈 걸 생각하면 확실히 집을 사는 편이 나을지도 모른다.

라일 씨와 피나 씨에게 고맙다고 인사하고서, 우리는 알 일행이 돌아올 때까지 쉬기 위해 각자의 방으로 향했다.

나는 사리아, 알과 함께 3인실을 쓰게 됐는데, 아까 메리가 한 말이 머릿속을 떠나지 않아서 묘하게 사리아를 의식하고 말았다. 이러면 안 돼. 평소처럼 행동해야 해…….

그러자 얌전하게 있던 사리아가 불쑥 나를 불렀다.

"세이이치."

"응?"

사리아 쪽으로 시선을 돌리니—.

"교미, 할래?"

—고리아가 있었다.

나는 순식간에 맑아진 마음으로 사리아에게 말했다.

"사양할게."

"아쉽다."

왜 굳이 고릴라 모습이 된 걸까. 사리아도 메리의 말을 듣고 의식한 걸까. 이것저것 하고 싶은 말은 있지만, 고리아 덕분에 조금 전까지 느꼈던 묘한 기분이 사라졌다. 응, 강제 현자 모드다. 지금이라면 득도할 수 있다.

근데 전에도 상상했지만, 만약 사리아와 나 사이에 아이가 생기면 어떤 아이가 태어나는 걸까?

『우호.』

응, 역시 내 유전자의 패배다. 상상이니까 실제로 어떻게 될지는 모르지만.

나는 알이 돌아올 때까지 사리아와 함께 방에서 느긋하게 보냈다.

도망치는 『보통』과 잠재된 악의

"무사히 끝났어."

"솔직히 싱거웠어."

"즈, 즐거웠어요!"

『평온의 나무』에서 방을 잡은 후 다 같이 잡담하고 있자니 알이 돌아왔다.

별 탈 없이 잘 끝난 것 같았다.

"그래? 아무 문제도 없었다니 다행이네."

"아니, 보통은 아무 문제도 없어. ……세이이치 때는 엄청 났지만."

"아, 아하하하……."

그랬지. 초보자용 의뢰인데 나는 건물을 부주의하게 해체했다가 알한테 혼났고, 약초는 하나도 못 찾고, 끝내는 흑룡신 던전에 갔으니까. 어떻게 생각해도 보통이 아니다.

"……세이이치 선생님, 대체 무슨 일이 있었던 거야? 그런 잡무가 엄청나진다니 보통 일이 아니잖아."

"그치만, 보통이 도망친단 말이야……."

"보통이 도망치다니 그게 무슨 말이야?!"

나는 이 세계에 와서 평범했던 적이 한 번도 없다. 놀람과 신선함의 연속이었다.

"내, 내가 어땠는지는 상관없잖아! 그보다 중요한 건 헬렌이야."

"……강하게 만들어 줄 거지?"

헬렌이 진지한 표정으로 나를 보았다.

"얼마나 강해질지는 솔직히 모르겠지만…… 갓슬이 정보를 하나 줬어."

"뭐? 정보? 뭔가 있었어?"

"그래. 이 왕도 근처에 던전이 나타났다는 것 같아."

"뭐어? 던전?"

알이 의아한 표정을 지었다.

일반적으로 던전은 흔하게 나타나지 않는데, 이렇게 연달아 던전 출현 정보가 들려오니 알이 의아하게 여길 만도 했다.

……확증은 없지만 어쩌면 【마신교단】이란 녀석들의 활동 때문일지도 모른다.

"그래서? 그 던전에서 날 강하게 만들어 줄 거야? 말해두는데, 난 평범한 던전으로는 만족 못 해. 무슨 일이 있어도 나는 강해져야 하니까……."

"아, 그건 걱정 안 해도 돼. 출현하는 마물의 레벨이 500 정도 된대."

"그건 안 괜찮잖아!"

어라? 그, 그런……가?

알의 지적에 고개를 갸웃하고 동료들을 보았다.

“응? 나는 잘 모르겠어. 흑룡신 던전도 【끝없는 비애의 숲】도 비슷한 레벨이었고!”

“저는 애초에 관심이 없어서…….”

“……알트리아 언니. 예전이었다면 터무니없는 레벨이라고 생각했겠지만, 조라 언니가 있었던 던전을 생각해 보면 그렇게 놀랄 일도 아니야.”

“그건 그래. 조라가 있었던 던전은 마물이 비정상적으로 강했어. 솔직히 마왕국에도 그 정도 레벨은 흔치 않아.”

“저, 저도 그 정도 던전이 보통이었기에 잘 모르겠어요…….”

레벨 500이 엄청난 것이라는 게 동료들도 별로 와닿지 않는 것 같았다.

알도 모두의 말을 듣고 머리를 싸맸다.

“아아…… 예전의 나였다면 말도 안 된다고, 보통이 아니라고 했을 텐데…… 언제부터 나 자신이 보통이 아니게 된 거지…….”

“히, 힘내?”

“……뭐, 덕분에 세이이치의 짐이 될 가능성이 줄었으니까 결과적으로 좋지만.”

알이 살짝 뺨을 붉히며 그렇게 말해서 나는 고개를 들 수 없었다. 죄송합니다, 저 때문에 다들 탈인간급이 된 것 같습니다. ……고릴라랑 당나귀가 섞여 있지만.

그런 대화를 나누고 있으니 레벨 500이라는 말에 굳어 있던 헬렌이 허둥지둥 따져 들었다.

"자, 잠깐만! 500?! 그거 보통이 아니잖아!"

"어? 하지만 평범한 던전으로는 만족 못 하잖아?"

"한도라는 게 있잖아!!"

그런가? 음, 어렵네.

"뭐, 어때. 상대의 레벨이 높으면 그만큼 강해질 수 있는 거잖아. 긍정적으로 생각하자고!"

"보통은 긍정적으로 생각하긴커녕 죽음을 각오할 만한 내용이지만 말이지……."

큰일이다. 정말로 보통이 나한테서 도망친 것 같다. 감각이 마비됐어.

"조금 물어봐도 될까?"

"응?"

헬렌이 이마를 짚으며 질문했다.

"세이이치 선생님은…… 나를 얼마나 강하게 만들어 줄 생각이야……?"

"최소한 『초월자』로는 만들어 줘야겠지."

"최소한이 『초월자』야?!"

가까운 사람들이 전부 『초월자』라서 나에게는 그게 최저 라인이었다.

강하게 키워 주겠다고 결심했으니 『초월자』 정도로는 만들어 주고 싶다.

"아, 안 되겠어……. 내 안의 상식이 모조리 무너져 가……."

"……응. 세이이치 오빠랑 같이 있을 때는 생각하면 안 돼. 느끼는 거야."

오리가? 나는 언제부터 그런 개념적인 존재가 된 거니?

나도 모르게 굳은 얼굴로 웃고 있으니 갑자기 헬렌이 자기 뺨을 세게 때렸다.

"헤, 헬렌?"

"후우…… 그냥 살짝 기합을 다시 넣은 거야. 나는 반드시 강해져야 해……. 그런데 마물의 레벨이나 『초월자』라는 말에 위축되어서야 아무것도 못 하잖아. 그리고 세이이치 선생님이 말한 대로 상대는 『초월자』니까…… 나도 그 무대에 서야 해……!"

뭐, 이것저것 생각하는 바가 있었겠지만, 최종적으로 헬렌이 결심하는 좋은 기회가 된 것 같다.

"좋아, 그럼 내일 바로 던전에 가기 위해서도 오늘은 이만 쉴까?"

이리하여 우리는 내일에 대비해 각자의 방으로 돌아갔다.

참고로 나는 알, 사리아와 함께 3인실을 썼는데…… 특별히 아무 일도 일어나지 않았다!

◆ ◆ ◆

"흐응. 이곳이 새로운 던전이구나……."

세이이치 일행이 던전에 가기 위해 쉬고 있을 무렵, 일행이 가려고 하는 바로 그 던전 앞에 백발 벽안의 남자가 한 명 서 있었다.

남자는 아무런 무기도 들고 있지 않았고, 평범한 마을 사람처럼 러프한 차림새였다.

하지만 남자가 풍기는 분위기는 사악하여, 접촉한 모든 것을 죽일 듯한 무시무시함이 느껴졌다.

"여기 일이 끝나면 테르베르도 **죽일** 거지만…… 귀찮아 보이는 기운이 몇 개 느껴지네."

그 말과는 반대로 표정은 한없이 여유로워 하품을 참을 정도였다.

"뭐, 그보다도…… 이 던전을 냉큼 답파해서 괜찮은 보물을 전부 회수해야겠지. 솔직히 내가 있으면 충분할 것 같지만…… 큰 싸움에 대비해야 한다고 《편재》 녀석이 시끄럽게 군단 말이야. 그 녀석도 죽여 버릴까?"

"—그건 곤란합니다."

"어라? 왔어?"

남자 옆에 소리도 없이 새로운 인물—【마신교단】의 『신도』인 유티스가 나타났다.

"뭐야? 혹시 너도 이 던전을 같이 공략하려고?"
"아뇨, 저는 다른 일이 있어서 당신을 도울 순 없습니다."
"난 또 뭐라고, 재미없게. 그럼 뭐 하러 왔어?"
"그야 물론 당신에게 못을 박기 위해서죠."
"뭐?"
언짢은 듯 눈썹을 찌푸리는 남자를 무시하고 유티스는 계속 말했다.
"잘 들으세요. 우리 『신도』의 힘이 아무리 강대해도, 불확정 요소가 있는 지금은 위험에 대비해 둬야 합니다. 그 대비가 바로 【마신교단】의 전력 증강입니다. 그러려면 손쉽게 강해질 수 있는 강력한 무기가 필요합니다."
"마신님의 가호가 있으면 그딴 건 필요 없지 않아?"
"그렇지도 않습니다. 실제로 이곳 테르베르에서 예전에 『사도』 세 명이 당했으니까요."
"그거야말로 나하고는 상관없잖아. 그 녀석들이 약한 게 잘못이지."
불퉁한 남자의 모습을 보고 유티스는 쓴웃음을 지었다.
"그렇게 못마땅해하지 마세요. 다른 사람들도 던전을 공략하여 여러 장비를 챙겨 오고 있으니까요. 그리고 이 던전은 다른 던전보다 마물이 훨씬 강한 것 같아 입수할 무기도 기대가 됩니다. 그래서 확실하게 공략할 수 있을 당신이 뽑힌 겁니다. 강력한 무기가 손에 들어오면 【마신교단】은 한층 더 강해지고, 계획을 안전히 진행할 수 있으니까요."

"뭐, 이게 결과적으로 마신님께 도움이 된다면 상관 없어."

남자는 한숨을 쉬고서 한 가지 신경 쓰인 점을 말했다.

"그러고 보니 불확정 요소라고 했는데, 무슨 일 있었어?"

"……하아. 그래서 마신님께서 소집하면 모이라고 그렇게나 말한 건데……."

보기 드물게도 유티스가 얼굴에서 미소를 지우고 어이없다는 표정을 지었다.

"잘 들으세요. 『사도』가 당했다고 아까 말했지요. 그 『사도』를 누가 쓰러뜨렸는지 제가 알아낼 수 없었습니다."

"……뭐라고?"

유티스의 능력을 잘 아는 남자는 믿을 수 없다는 듯 눈을 크게 떴다.

"그 밖에 바바드르 마법 학원을 습격한 『사도』도 포박당했고, 그자에게 하사되었을 터인 마신님의 가호까지 사라졌습니다. 그 원인을 알아내려고 학원장인 《마성》 바나바스의 기억을 엿보았지만…… 전혀 단서를 잡을 수 없었습니다."

"……."

"하지만 또 다른 임무였던 『사도』 회수와 바나바스에게 『씨앗』을 심는 것 자체는 성공했으니 전력은 대폭으로 올라갈 겁니다."

"변함없이 약삭빠르다고 할까, 빈틈이 없네."

"신중하다고 해 주시면 좋겠군요."

"그렇게 신경 쓰지 않아도 될걸? 나도 있고, 너도 포함해서 『신도』가 있으니, 아무리 발버둥 쳐도 마신님의 부활은 기정사실이야."

유티스의 말에 남자는 어깨를 으쓱이고서 그렇게 고했다.

"뭐, 좋아. 마음엔 안 들지만 네가 말한 대로 이 던전을 공략해 줄게. 그게 끝나면 다시 평상시 작업으로 돌아갈 거야."

"이번에는 어디를 노리실 거죠?"

"뭐 그리 당연한 걸 물어봐. 근처에 사람이 잔뜩 있는 곳이 있잖아? 분명 절망한 얼굴을 잔뜩 볼 수 있겠지."

남자는 가학심을 억누르지 못하고 사악하게 웃었다.

"저런, 《절사(絕死)》의 목표물이 되다니 불쌍한 나라군요. 어느 나라죠?"

"바르샤 제국이야. 마침 카이젤 제국이란 곳과 충돌해서 상황이 재미있어졌으니 말이지. 뭐, 기대해도 좋아. 부정적인 감정을 또 잔뜩 모아 줄 테니까."

《절사》라고 불린 남자는 그 말을 끝으로 유티스에게 손을 흔들며 던전에 들어갔다.

그 모습을 지켜본 유티스는 작게 중얼거렸다.

"……《절사》가 말한 대로 제 생각이 과한 걸까요. 뭐, 이 던전은 틀림없이 공략될 테니 저는 제 일을 하기로 하죠."

그리고 유티스는 다시 소리도 없이 그 장소에서 사라졌다.

헬렌 강화, 개시

이튿날, 갓슬이 가르쳐 준 던전에 왔다.

일단 던전에 도전한다는 취지를 전하기 위해 길드에 들렀는데, 길드는 평소처럼 노출광과 파괴마 같은 변태들로 넘쳐 났고, 갓슬도 최종적으로는 웃으며 우리를 보내 줬다.

그렇게 찾아온 던전은 테르베르 근처의 산속에 있어서 일반인이 올 일은 없을 것 같았다.

그래서인지 던전 앞에 특별히 접수원이나 검사원 같은 사람은 없었고, 그저 크게 솟아오른 지면에 구멍이 뻥 뚫려 있었다.

그런 던전 앞에서 나는 밝게 말했다.

"자, 그럼 후딱 공략해 나갈까~."

"오~!"

"분위기가 가벼워!"

사리아가 내 말에 대답해 줬지만, 헬렌은 머리를 싸맸다.

"지금부터 엄청난 던전에 들어갈 거잖아? 왜 이렇게 풀어져 있는 거야? 이상하지 않아?"

전혀 안 이상합니다. 이게 보통입니다.

참고로 이번 던전은 다 함께 탐색하지 않기로 했다.

루티아는 마왕군 사람들과 일단 합류하기 위해 루시우스 씨한테 갔고, 루루네와 오리가, 그리고 조라가 수행원으로 따라가게 되었다.

……루루네는 나를 따라가겠다고 우겼지만, 오리가가 붙잡아서 맛있는 걸 먹을 수 있다고 꼬드기자 간단히 동행을 승낙했다. 그 녀석은 내가 아니라 음식에 충성을 맹세했다니까.

그래서 이번에 헬렌의 레벨업을 도와주는 사람은 나와 사리아, 그리고 모험가 선배이기도 한 알, 이렇게 세 사람뿐이었다.

"원래는 여기에 두 명 더…… 회복 역할과 방패 역할이 있어야겠지만……."

알이 그렇게 중얼거리며 나를 보았다.

"……하아……."

"그 한숨은 뭐야?!"

알의 노골적인 한숨에 이의를 제기하고 싶어졌다. 남의 얼굴을 보면서 한숨을 쉬다니!

"한숨이 안 나오겠어? 세상의 모험가들이 파티를 짜서 던전을 공략하는 가운데, 너 혼자 파티의 모든 역할을 다 소화하잖아."

"그렇지는 않거든?!"

나 혼자 정말로 파티의 모든 역할을 소화할 수 있는지는 차치하고, 일반적으로 던전은 6인 파티로 공략하는 것 같았다.

절대 나처럼 던전 자체를 파괴해서 클리어하지는 않는다고 했다. 타당한 말씀입니다.

"뭐, 상관없겠지. 어쨌든 들어가자. 얘기는 들어가서 하자고."

미묘하게 납득할 수 없는 기분으로 던전에 발을 들이자 헬렌이 얼굴을 굳혔다.

"왜 그렇게 긴장하고 있어?"

"긴장할 만한 일이잖아!"

이상하다. 아무리 과거를 돌이켜 봐도 나는 헬렌만큼 긴장한 적이 없다. 【끝없는 비애의 숲】에서 헤맬 때조차 이렇게까지 긴장한 표정을 짓지는 않았던 것 같다. 뭐, 그때는 긴장하기 이전에 그저 살기 위해 필사적이라서 오히려 흥분한 상태이긴 했었다.

"그래서 이제부터 어떡하면 돼? 평범하게 싸워서 레벨을 올릴 거야?"

"왜, 그럼 안 돼?"

"물론 레벨이 올라가면 스테이터스도 상승하고, 『초월자』가 되면 그만큼 위협적인 존재가 되는 거지만…… 때로는 전투 경험이나 기술 수련이 스테이터스의 차이를 뒤집기도 해. 물론 나는 레벨도 올리고 싶지만, 그런 기술도 향상시키고 싶어. 그걸로도 카이젤 제국에 대응하기엔 역부족일 수도 있으니까…….”

오오, 그런가…… 나는 간단히 레벨이 오르면 장땡이라고 생각했는데, 아무래도 헬렌은 그것만으로는 부족한 것 같았다.

“그럼 이러면 되지 않을까?”

“응?”

어쩔까 고민하고 있으니 사리아가 좋은 생각을 떠올렸다는 듯 웃었다.

“세이이치, 저기까지 조금 걸어가 줄래?”

“어? 그래…… 으악?!”

사리아가 시킨 대로 걸어간 순간, 천장에서는 수많은 창이 쏟아지고, 바닥에는 구멍이 뚫리고, 벽에서는 독화살이 일제히 날아왔다.

그 모든 것을 나는 내가 생각하기에도 기분 나쁜 자세로 피했다.

“이렇게 직접 함정에 뛰어드는 건 어떨까!”

“바보야?”

헬렌은 정색하며 그렇게 말했다. 미안, 사리아. 나도 이건 좀 아닌 것 같아.

“그보다 직접 함정에 걸리러 가면 안 되지! 뭘 위한 함정인데!”

“어? 훈련용?”

"던전이 불쌍해……!"

상식인인 알이 즉각 태클을 걸자 사리아는 아리송한 얼굴로 그렇게 말했다. 아니, 확실히 훈련은 될 것 같긴 하지만, 함정을 준비한 던전 측의 마음을 생각하면 불쌍해!

"음…… 꽤 좋은 생각인 것 같았는데. 조라가 있었던 던전에서도 세이이치가 대부분의 함정에 직접 걸렸고, 그런 훈련인가 싶었어……."

"……일단 세이이치 선생님이 아주 터무니없다는 건 알았어. 그리고 역시 그냥 평범하게 레벨 올릴래. 나는 그렇게까지 괴물이 아니니까."

"난 억울해!"

이상하다. 내 의지로 한 건 아무것도 없는데 멋대로 괴물이라니, 울어 버린다?

그런 나를 무시하고서 동료들은 던전 안쪽으로 향했다.

"……어? 나는 이 상태로 방치?"

여전히 기분 나쁜 자세로 함정을 피하고 있던 나는 남몰래 울며 세 사람을 뒤쫓았다.

◆ ◆ ◆

"—하앗!"

결론적으로 헬렌의 레벨업이 목적이었기에, 헬렌보다 레

벨이 높은 마물이 나오더라도 위험한 상황이 되기 전까지는 전투를 도와주지 않으며 길을 나아갔다. 그 대신 기본적으로 헬렌과 마물이 일대일로 싸우도록 다른 마물은 나와 사리아와 알이 상대했다.

일대일로 싸우더라도 어디까지 갈 수 있을지 알 수 없었는데, 실제로 싸우게 해 보니 헬렌은 무술로 마물을 농락하며 확실하게 꼼꼼히 쓰러뜨려 나갔다.

지금도 『아머 맨티스 Lv: 201』라는 거대한 쇳빛 사마귀를 상대로 단검 두 자루를 구사하여 싸우고 있었다.

그리고 마침내 아머 맨티스의 낫을 튕기며 그대로 머리를 벴고, 아머 맨티스는 빛의 입자가 되어 사라졌다.

"후우…… 또 레벨이 오른 것 같아."

"오! 축하해."

나는 헬렌이 싸우는 동안 덤벼든 초거대 메뚜기 『킬러 호퍼 Lv: 411』의 다리를 잡아서 거꾸로 들며 그렇게 치하했다.

하지만 어째선지 헬렌은 그런 나를 싸늘한 눈으로 보았다.

"……내가 시간을 들여서 싸우고 있기는 하지만, 그동안에도 비상식을 멈추지 못하는 거야?"

"어디에 비상식 요소가 있는데?!"

역시 이건 불합리하지 않아? 나는 덤벼든 메뚜기가 너무 커서 살짝 동심이 자극되었기에 붙잡았을 뿐인데. 어릴 때 커다란 벌레를 발견하면 신나지 않았어? 나는 신났거든.

대체로 이런 느낌으로 던전을 나아가고 있으니 갑자기 알이 멈춰 섰다.

"어이, 잠깐 멈춰."

"응? 왜 그래?"

"……발자국이야."

"음?"

알이 웅크려 앉아 바닥을 확인했다.

나도 똑같이 그곳을 보았지만 나는 알이 말한 발자국을 확인할 수 없었다.

"아, 정말이다!"

"그러게. 심지어 마물이 아니라 인간 같아……."

어라? 나만 모르는 거야? 오히려 다들 어떻게 아는 거야? 요리 보고 조리 봐도 평범한 돌바닥이잖아?

그러자 내 상태를 알아차린 알이 어이없어하며 물었다.

"……세이이치. 너 모르는구나?"

"아아아아아니거든요?! 이거말하는거죠?!"

나는 들키지 않도록 필사적으로 대꾸하며 대충 바닥을 만졌고, 『덜컹』 하는 불길한 소리가 나더니 내 발밑이 갑자기 사라졌다.

"또 함정이냐아아아아아아아아?!"

또다시 내가 생각하기에도 기분 나쁜 움직임으로 몸을 비틀면서 허공을 발판 삼아 함정을 피했다.

"후우…… 살았네."

"아니, 발자국은 모르면서 왜 그런 즉사급 함정은 피할 수 있는 거야?"

"오히려 나는 어떻게 발자국을 찾는지 모르겠어."

발자국도 그렇고 방금 그 함정도 그렇고, 아무리 봐도 평범한 바닥이잖아.

"하아…… 너도 못 하는 게 있어서 안심했다고 해야 할까, 아니면 모험가면서 이런 초보적인 것도 못 하는 걸 한탄해야 할까……."

"그보다 세이이치 선생님의 능력치가 너무 들쑥날쑥한 것 같은데……."

"나는 숲속에서 사냥감을 찾을 때 자주 발자국을 참고해서 익숙한 거야!"

사리아가 익숙한 건 아무리 생각해도 야생 동물의 본능이나 지혜라서 조금 다른 것 같지만, 이런 함정의 유무를 확인하는 것이나 발자국을 찾아내는 건 모험가의 필수 기능인 듯했다.

함정 전문 모험가도 있는 모양이고, 지식이나 간파 스킬은 물론 그런 전문가가 더 높지만, 그래도 최소한의 지식은 필요하다고 했다.

……곰곰이 생각해 보니 나는 제대로 된 모험가 지식을 익히지 않은 채 지금까지 지내왔다. 발자국을 못 찾는 것도

당연했다.

여러 가지로 엄청난 몸이지만, 경험으로 터득해 나가는 그런 기술은 아직 부족했다.

새로운 과제를 하나 알아낸 나는 다시 알에게 물었다.

"아무튼, 발자국이 있는 게 왜? 갓슬도 한 번은 들어왔을 테고, 딱히 이상한 건 아니잖아?"

"이 발자국은 비교적 최근에 찍힌 거야. 그리고 네가 말한 대로 이 던전은 갓슬이 한 번 조사해서 위험하다고 판단했을 테지. 입구 근처에 특별히 감시원이 서 있진 않았지만, 테르베르의 모험가들에게는 당연히 그 정보가 전해졌을 거고, 그 녀석들이 제 발로 찾아오진 않을 거야."

"어? 하지만…… 항상 「파괴다!」 하고 외치는 그 사람이라면 도전할 것 같지 않아?"

"뭐…… 확실히 성격을 보면 가능성이 있지만, 여기 오기 전에 길드에서 봤잖아?"

"그러고 보니……."

한 번 길드에 들렀을 때, 책상을 파괴하며 신나게 웃고 있는 모습을 확실히 봤다.

"그리고 이 발자국이 돌아온 흔적은 없어. 그러니까 필연적으로 이 던전 안에 아직 발자국의 주인이 남아 있다는 말이 돼."

"그 말은…… 일반인이 잘못 들어왔을지도 모르고, 다른 모험가가 도전 중일지도 모른다는 거야?"

"일반인은 아닐 거야. 마물과 만나지 않고서 여기까지 올 수 있을 리가 없고, 무엇보다 마물의 레벨이 높으니 마주친 순간 끝이야. 다른 모험가더라도 도전한다면 S급 정도일 텐데……."

알은 복잡한 얼굴로 바닥의 발자국을 노려보았다.

"……뭐, 생각해도 별수 없나. 아까도 말했지만 돌아온 흔적이 없으니 어쩌면 던전 안에서 만날 수 있을지도 몰라."

"흐음…… 근데 던전 안에서 다른 사람을 만나는 일이 흔해?"

던전이라고 하면 지구의 게임이 제일 먼저 떠올라서 던전 안에서는 다른 사람과 만나기 어렵다는 이미지를 멋대로 가지고 있었다.

"그야 인기 있는 던전에 가면 사냥감을 두고 경쟁하기도 해. 뭐, 암묵적인 규칙 같은 게 있어서 완전히 무법 지대인 건 아니지만……."

"그럼 만나면 인사해야겠네!"

사리아가 천진난만하게 말했지만, 알은 복잡한 표정을 지었다.

"글쎄, 이 앞에 있는 녀석이 과연 착한 녀석일지……."

"응?"

"……아무것도 아니야. 그보다 모처럼 던전에 왔잖아. 헬렌의 레벨업뿐만 아니라 어쩌면 보물 상자에서 좋은 아이템

을 찾을 수 있을지도 몰라."

"맞아! 레벨뿐만 아니라 장비도 중요해. 순수하게 힘을 추구한 나머지 그런 단순한 사실도 깜빡했어……."

"실력이 받쳐 주지 않으면 무기가 아무리 좋아도 소용없지만 말이지. 그럼 이대로 레벨을 올리면서 아이템도 찾아보자."

"네!"

알의 말에 기쁘게 고개를 끄덕인 헬렌이 그대로 알을 뒤쫓았다.

"……원래 내가 담임이었지?"

"기운 내!"

사리아의 상냥함에 눈물이 멈추지 않았다.

◆ ◆ ◆

"흐암…… 졸려."

세이이치 일행이 순조롭게 던전을 공략하고 있을 때, 【마신교단】의 『신도』인 《절사》 데스트라는 느긋하게 던전을 걷고 있었다.

그 모습은 던전을 공략 중인 사람으로는 보이지 않았고, 강력한 마물이 지천으로 널려 있음에도 불구하고 한없이 무방비했다.

"오, 보물 상자 발견~."

함정이 있을지 모르는데도 데스트라는 주저 없이 보물 상자를 열었다.

그러자 보물 상자에서 보라색 안개가 분출되어 데스트라의 얼굴을 덮쳤다.

"으악, 콜록콜록!"

하지만 그는 살짝 얼굴을 찡그렸을 뿐, 아무런 변화도 일어나지 않았다.

"아, 진짜~! 굳이 **치사성** 독안개를 설치해 둘 필요는 없잖아~."

데스트라의 말대로 보물 상자에 설치되어 있었던 함정은 조금이라도 마시면 죽어 버릴 만큼 강력한 독안개였다. 숨을 참더라도 피부로 침투하여 결과적으로 죽음에 이르는 위험한 물질이었다.

"정말이지, 던전 주제에 건방지네. ―**죽여 버릴까**?"

살짝 콜록거리기만 한 데스트라가 눈을 찌푸리며 그렇게 말하자, 던전 전체가 떨리기 시작했다.

하지만 보물 상자 안에 무엇이 들었는지 알아차린 데스트라는 언제 짜증을 냈냐는 듯 신난 모습으로 안을 확인했다.

"오, 럭키! 허접한 아이템이 아니라 제대로 된 무기잖아~."

안에 들어 있던 것은 『혈하(血河)의 검』이란 전설급 무기였다.

칠흑색 도신에 혈관처럼 뻗친 붉은 줄이 섬뜩하게 맥동하고 있었다.

"어디 보자…… 흐응, 이 검으로 벤 상대의 상처는 아물지 않는 건가~ 그것도 소지자의 의지로 자유롭게 바꿀 수 있단 말이지……."

『감정』 스킬로 무기의 능력을 읽은 데스트라는 사악하게 히죽 웃었다.

"응, 응응! 좋은데! 완전 내 취향이야! 뭐야, 꽤 좋은 아이템이 놓여 있잖아!"

데스트라의 기분이 좋아지자 던전 전체의 떨림도 멎었다.

그렇게 그가 검을 보며 좋아하는 동안, 지금까지 기척을 지우고 천장에 붙어서 모습을 살피던 『어쌔신 스파이더 Lv: 789』가 소리 없이 데스트라의 뒤로 내려와 그대로 달려들었고—.

"기, 긱?! 기, 기이……."

—어쌔신 스파이더는 절명했다.

"응?"

그제야 어쌔신 스파이더를 알아차린 듯 데스트라가 뒤를 돌았다.

"오~ 날 노린 녀석이 있었나 보네. 너도 참 운이 없다."

아무런 감흥도 없이, 덤벼드는 모든 것이 자연스레 죽을 것을 알고 있었던 것처럼 데스트라는 그렇게 말했다.

영문도 모른 채 죽은 어쌔신 스파이더의 사체를 무시하고 앞으로 가려던 데스트라는 불현듯 멈춰 섰다.

"음~?"

그리고 자신이 왔던 길을 보고서 뭔가를 알아차렸다.

"……흐응. 이런 곳에 사람이 올 줄은 몰랐는걸. 나를 보게 되면 귀찮아지는데. 이만 철수해도 나야 상관없지만, 그러면 유티스한테 혼날 테니 말이지. 그럼 남은 방법은 하나네~."

데스트라는 그렇게 말하고서 길을 향해 손을 들고 뭔가를 하려고 했지만—.

"—에이, 관두자. 여기서 죽여 버려도 좋지만, 이왕이면 죽는 얼굴을 보고 싶으니까♪."

들었던 손을 천천히 내리고 다시 앞으로 나아가기 시작했다.

"과연 어떤 사람이 오려나? 기대된다~."

—이렇게 데스트라와 세이이치의 만남은 착실히 가까워지고 있었다.

던전 내의 이변

"응? 저건……."

순조롭게 헬렌의 레벨을 올리며 던전을 나아가니 길 위에 뭔가가 놓여 있는 게 보였다.

"……뭐지?"

동료들에게도 보인 것 같아서 경계하며 다가가자 인간만 한 크기의 거대한 거미가 뒤집혀 있었다.

새까만 몸과 날카로운 다리, 그리고 흉악한 입을 가진 그 거미는 우리가 접근했는데도 꼼짝도 하지 않았다.

"어, 어떻게 된 거야?"

헬렌이 얼굴을 살짝 굳히며 그렇게 말했지만, 누구도 대답할 수 없었다.

그러다 알이 결심한 듯 다가가서 거미의 몸을 조사했고 눈이 휘둥그레졌다.

"……죽었어."

""""뭐?!""""

죽었다고? 그, 그야, 딱 보기에도 안 움직이고 뒤집혀 있으니까 죽었겠지만…….

하지만 우리가 놀란 이유는 따로 있었다.

"어, 어째서 사체가 남아 있는 거지?"

그랬다. 이 세계에서 마물은 죽으면 빛의 입자가 되어 사라지고, 운이 좋으면 드롭아이템을 남긴다.

……아직 본 적이 없어서 모르겠지만 인간도 빛의 입자가 되어 사라지는 걸까?

아무튼, 죽은 마물은 빛의 입자가 되어 사라지며 경험치가 되고 아이템을 남겼다.

하지만 우리의 눈앞에는 확실하게 거미의 사체가 있었다.

"나도 이런 상태의 마물을 보는 건 처음이야. 어떻게 생각해도 보통 일이 아니야."

원래 지구에 살았던 나는 이제야 좀 이세계의 상식에 익숙해지고 있는 단계지만, 사리아와 알, 헬렌은 죽은 마물은 빛의 입자가 되어 사라진다는 상식 속에서 살았을 터다. 그렇기에 나보다 더 충격을 받고 혼란스러워했다.

저마다 눈앞의 거미 사체를 보고서 곤혹스러워하고 있으니 갑자기 던전이 크게 떨렸다.

"뭐, 뭐야?!"

"대체 무슨 일이 벌어지고 있는 거야……?"

우리는 순간적으로 그 자리에 주저앉아 흔들림을 버텼고, 머지않아 흔들림은 뚝 멎었다.

"이 던전에서 대체 무슨 일이 일어나고 있는 거지?"

"모르겠어……. 하지만 아까 봤던 발자국의 주인이 얽혀 있을지도 몰라. 그것만큼은 머릿속에 넣어 둬."

안일하게 연결지으려는 건 아니지만, 이렇게까지 이상한 일이 일어나는 걸 보니 알의 말대로 그 발자국의 주인이 이 일에 얽혀 있을 것 같다는 생각밖에 안 들었다.

어느 정도 검사를 끝내고 우리는 다시 걸음을 서둘렀다.

◆ ◆ ◆

그 후로도 아까 봤던 거미 같은 사체가 때때로 길에 굴러다녀서 우리는 앞에 있을 인물을 더더욱 경계했다.

"내 레벨을 올리려고 왔는데 일이 묘해졌네……."

"역시 마물의 사체가 남는 현상은 본 적도 없으니까. 이것만큼은 어쩔 수 없어."

"숲속에서 생활할 때 늙어서 죽은 마물도 있었지만, 그 마물도 사라졌으니까 나도 이런 현상은 처음이야……."

동료들이 굳은 표정으로 대화하는 가운데, 나는 어떤 생각에 이르렀다.

이거, 드롭아이템이 아니니까 소재를 남김없이 입수할 수 있는 거 아닌가?

물론 드롭아이템이 기본인 이 세상에서는 그저 꺼림칙할 뿐이겠지만, 어떤 의미에서 이득이기도 하단 말이지.

문제는 이 현상에 관여한 인간이 어떤 존재이냐 하는 것인데…….

그런 생각을 하며 나아가니 이윽고 묘하게 화려한 문 앞에 다다랐다.

"도중부터 헬렌의 레벨을 올릴 만한 마물도 나타나지 않아서 이렇게 보스방 앞까지 왔지만……."

"그러고 보니 지금 헬렌의 레벨은 몇이야?"

"어? 으음…… 488이야."

"아…… 아직 『초월자』에는 도달하지 못했나."

『초월자』로 만들어 줄 작정으로 이곳에 왔는데 달성하지 못해서 미안한 마음이 들었다.

드롭아이템 중에 헬렌이 쓸 만한 물건도 딱히 없었고, 이제 돌아가서 마물이 다시 생겨나길 기다리거나, 이 문 너머에 있을 보스를 쓰러뜨려서 레벨이 오르길 기다려야 하는데…….

그러자 헬렌이 조금 허둥대며 말했다.

"아니, 그래도 원래 203이었던 레벨이 이만큼이나 올랐고, 세이이치 선생님은 충분히 나를 강하게 만들어 줬어."

"그럼 이제 어떡해? 이대로 돌아가서 다시 마물을 해치워?"

"사리아의 생각도 좋지만……."

알은 그렇게 말하며 문을 보았다.

"……기본적으로 보스방에는 한 파티만 들어갈 수 있어. 그러니까 이 문이 열리면 그 발자국의 주인이 보스를 쓰러뜨렸거나 보스에게 당했거나 둘 중 하나일 테지만……. 왠지 불안하단 말이지. 마물의 사체가 사라지지 않는 불가해한 현상의 원인일 발자국 주인의 정체나 정보를 가능하면 알아내고 싶어."

"하지만 이 문이 열렸을 때 그 사람과 만나는 건 거의 불가능하잖아?"

"뭐, 그렇지. 죽었든 살았든 못 만나겠지. 하지만 그래도 정보는 손에 들어와. 이 던전의 보스를 쓰러뜨렸다면 그만큼 실력이 있다는 거고, 죽었다면…… 잔혹한 얘기지만, 신경 쓸 요소가 하나 줄어드는 거야."

그렇게 말한 알은 한숨을 한 번 쉬고 다시 우리를 보았다.

"그래서 나는 돌아가기 전에 이 보스방 안을 한번 확인하고 싶어. 그런 다음 돌아가서 헬렌의 레벨을 다시 올리고 싶은데…… 그래도 될까?"

"물론 나는 괜찮아~!"

"네, 저도 괜찮아요."

"나도 이견 없어. 보스방을 조사한 다음에 돌아가면 던전에 마물이 더 빨리 생겨날지도 모르니까."

우리의 의견은 눈앞에 있는 보스방 안을 한번 조사하는 것으로 일치되었다.

"그럼 문이 열릴 때까지 기다—."

그렇게 말을 꺼낸 순간, 눈앞의 문이 천천히 열리기 시작했다.

"……아무래도 안쪽에서 전투가 끝난 것 같군."

우리는 서로를 한 번 보고서 마음을 다잡고 방에 발을 들였다.

문 안쪽에는 초원이 펼쳐져 있었고, 조라가 있던 곳처럼 던전 안임에도 불구하고 대낮처럼 밝았다.

지금까지 동굴 같은 길을 걸어왔기에 갑작스러운 환경 변화에 놀라고 있으니 알이 긴장한 목소리로 말했다.

"어이…… 저걸 봐……."

"응? 헉?!"

알이 보는 곳으로 시선을 돌리자…….

"뭐, 뭐야, 저거……."

"무서워……."

푸르른 초원에 구멍이 뻥 뚫린 것처럼 특정 부분만 풀이 시들어 있었고, 그 주변에는 거대한 메뚜기와 사마귀, 장수풍뎅이, 지네 같은 곤충 계통 마물이 전부 뒤집힌 상태로 흩어져 있었다.

그리고 그 중앙에는 아무런 무장도 하지 않은 백발 벽안의 남자가 우두커니 서 있었다.

"어떻게 된 거야……? 문이 열렸는데 어째서 아직도 있는 거야……?!"

알이 경계심을 최대로 높이며 그렇게 묻자 백발 남자가

그제야 우리를 알아차렸다.
"음~? 아, 왔다, 왔어."
알과 헬렌이 경계심을 드러내고 있는데도 남자는 마치 산책하듯이 우리에게 다가왔다.
"다가오지 마!"
알이 무기를 들고 그렇게 외치자 남자가 그 자리에 멈춰 섰다.
"그렇게 경계하니 슬프네."
"……거기 굴러다니는 마물과 오는 길에 있었던 마물은 네가 죽였나?"
"어? 아아, 이거. 응, 맞아."
아주 간단히 인정한 남자는 끊임없이 생글생글 웃었다.
"그럼…… 보스방을 클리어한 네가 왜 아직도 여기 남아 있는 거지?"
알이 말한 대로라면 원래 던전의 보스방에는 한 파티만 도전할 수 있다. 그렇기에 보스방 안에서 다른 파티와 합류하는 일은 불가능했고, 먼저 도전한 파티가 보스방을 클리어하여 앞에 있는 전이방으로 가거나 전멸해야만 문이 열렸다.
하지만 남자는 특별히 숨기지 않고 간단히 고했다.
"그야 내가 던전의 규칙을 **죽였으니까.**"
"규칙을 죽였다고?"
이해할 수 없는 말에 고개를 갸웃하자 남자는 더 짙게 웃으며 정중하게 인사했다.

“나는 《절사》 데스트라. 【마신교단】의 『신도』라고 불리는 존재야.”

그리고 우리에게 한없이 싸늘한 시선을 보냈다.

“자, 그럼— 죽어 줄래?”

【절사】 데스트라

“자, 그럼— 죽어 줄래?”

눈앞의 백발 남자— 데스트라의 말을 듣고 우리는 일제히 뒤로 크게 물러났다.

그리고 각자 무기를 들고 최대한으로 데스트라를 경계했다.

하지만 데스트라는 그런 우리를 보고 쓴웃음을 지었다.

“아아~ 거리를 둬 봤자 소용 없단 말이지. 어디로 도망치든, 심지어 이 세계가 아니어도, 내 능력으로부터 도망칠 수는 없어.”

“능력이라고?”

알이 험악한 표정으로 묻자 데스트라는 더 짙게 웃었다.

“궁금해? 그럼 가르쳐 줄게. 내 능력은—.”

그렇게 말하며 데스트라가 근처 풀로 손을 드니 갑자기 풀이 시들어 버렸다.

“후후, 어때?”

“어, 어떠냐니…….”

뭐지? 풀을 시들게 하는 능력이란 건가? 하지만 그렇다면 주위에 있는 마물 사체를 설명할 수 없고…….

어쩌면 풀을 시들게 함으로써 어떤 부차적인 효과가 있는 걸지도 모른다. 잘 모르겠지만.

다만 정말로 풀을 시들게 하는 능력이라면—.

“미, 밋밋하다……?”

“미, 밋밋하다고?!”

내 반응에 데스트라가 시뻘게진 얼굴로 외쳤다.

아니, 밋밋하다는 표현은 안 좋지. 미안한걸.

“아, 아니, 농부에게는 유용할 것 같아! 그, 잡초 처리라든가…….”

“너는 무슨 시점으로 보고 있는 거야?!”

내 솔직한 감상에 알이 그렇게 태클을 걸었다. 미안, 나도 잘 모르겠어.

지금 데스트라에 관해 아는 것은 【마신교단】의 『신도』라는…… 응? 『사도』가 아니라 『신도』? 더더욱 모르겠다. 딱 하나 확실한 건 적이라는 것이다.

그렇게 고찰하고 있으니 데스트라가 입꼬리를 실룩거렸다.

“자, 잡초 처리…… 후후, 후후후…… 이렇게 무시당한 건 처음이야. 아아?!”

“……?!”

그 순간, 데스트라의 몸에서 뭔가 **좋지 않은 것**이 뿜어져 나온 것 같았다.

이에 나는 거의 반사적으로 【증오가 소용돌이치는 세검(블랙)】

을 휘둘렀다.

그러자 데스트라의 눈이 살짝 크게 뜨였다.

"응응? 방금 그걸로 죽였다고 생각했는데……."

"죽이다니……."

"세이이치, 저 녀석은 위험해! 당장 움직임을 막아야 해!"

알이 말한 대로, 눈앞에서 대담하게 웃는 데스트라라는 존재는 묘하게 기분이 나빴다.

"일단 기절해 줘야겠어!"

나는 【무간지옥】 스킬을 발동시키며 데스트라에게 달려들었다.

물론 죽지 않게 힘을 조절하긴 했지만 내 움직임은 솔직히 인식할 수 있는 속도가 아니어서 간단히 데스트라에게 접근할 수 있었다.

그리고 나는 힘을 가감한 상태로 데스트라의 배에 일격을 먹였다.

하지만—.

"……후후후."

"……."

이상하다.

내 일격을 맞고 죽지는 않더라도 기절할 거라고 생각했던 데스트라가 멀쩡히 서 있었다.

"후후후…… 깜짝 놀랐나 봐?"

"……당신, 뭐야?"

일단 거리를 두며 그렇게 묻자 데스트라는 얄밉게 웃었다.

"착각한 것 같은데 내 능력은…… 대상을 자유자재로 죽이는 힘이야."

"뭐?"

"나는 내가 죽는 미래는 물론이고 다치는 미래까지 전부 **죽였어**. 그래서 나는 절대로 죽지 않아."

"뭐어?"

뭐야, 그 반칙 능력! 나도 터무니없긴 하지만 그 정도는 아니라고! ……아마도!

"그뿐만이 아니야. 내 능력……【절사】는 내가 바라는 대로 유형무형, 사상, 개념, 인과…… 이 세상과 신조차 죽일 수 있어. 그리고 내가 의식하지 않아도 내게 적의, 해의, 살의를 품거나 내가 불리해지는 일이 일어나면 그것조차 반사적으로 죽일 수 있지. 어때? 절망적이지?"

진짜 엉망진창이잖아?!

진지하게 나 따위가 이길 수 있는 상대인가?!

아니, 하지만 애초에 죽어 있는 존재라면 어떨까? 그리고 이런 반칙적인 힘을 쓸 수 있는 녀석이 있다면 반대로 소생시키는 힘을 가진 녀석도 있을 것 같은데…….

그런 내 생각이 표정에 드러났는지 데스트라는 더 짙게 웃었다.

"지금 내 능력의 약점을 찾으려고 했지? 죽은 존재에게는 효과가 없지 않을까 하고……. 하지만 아니란 말이지~ 설령 죽은 존재여도 나는 죽일 수 있어. 나는 모든 것을 죽이니까!"

"뭐?!"

이 녀석, 나보다 훨씬 괴물이라고요, 괴물! 근데 죽은 존재도 죽일 수 있다니 이해가 안 가! 죽은 사람을 어떻게 죽인다는 거죠?!

정말로 쓰러뜨릴 방법이 없지 않아?!

"그런고로 죽어."

"아차?!"

터무니없는 능력에 놀라고 있으니 데스트라가 나를 향해 손을 들었다.

"하하하하! 나를 무시한 걸 후회하며 죽으렴!"

"으아아아아아! 주, 죽는 건가아아아아아!"

"세이이치이이이이이이이!"

나는 반사적으로 가슴을 부여잡았고, 사리아가 그런 나를 보며 외쳤다.

『스킬 【진화】가 발동했습니다. 이에 따라 몸이 적응합니다.』

………….

"괜찮아진 것 같습다……."

"……엥?!"

데스트라는 내 멍한 표정을 보고서 눈을 부릅떴다.

"어, 어째서! 【절사】가 듣지 않을 리 없어! 그런 존재는 이 세상은 물론이고 다른 차원, 다른 세계에도 없으며 신조차 내 능력을 피할 수 없다고!"

"그, 그렇게 말해도…… 스킬 효과로 괜찮아진 모양이라……."

"뭐?! 이 세계의 시스템일 뿐인 스킬 따위에 내 힘이 막혔단 말이야?"

데스트라는 그렇게 외쳤다가 금세 냉정함을 되찾았다.

"훗, 하지만 원인을 알았으니 문제없어. 그 스킬을 죽여 버리면 끝이니까!"

"……!"

데스트라가 또다시 나를 향해 손을 든 순간, 재차 머릿속에 안내 방송이 들렸다.

『적응하셨습니다.』

"괜찮은 것 같네요……."

"어째서어어어어어어어어어어!"

내 반응에 데스트라가 머리를 싸맸다.

너무 무방비한 모습이라서 나뿐만 아니라 동료들도 곤혹스러운 표정을 지었지만, 어쨌든 즉사시키는 힘을 가졌기에 알도 사리아도 헬렌도 섣불리 움직일 수 없었다.

"이상하잖아?! 나와 비슷한 능력자는 다른 차원에도 있겠

지. 하지만 그중에서 가장 강한 건 나야! 내 힘이 통하지 않는다고?! 전 세계, 우주, 말 그대로 모든 것을 만들어 낸 신조차 죽일 수 있는 내 힘이!?"

진짜 살벌한 능력이네. 그보다 우주니 신이니, 스케일이 이상하지 않아?

그렇게 생각하면서 나는 무심코 의문점을 묻고 말았다.

"그보다 너, 【마신교단】 사람이잖아? 그런데 신을 죽인다는 소리를 해도 되는 거야?"

"뭐? 내가 정말로 마신한테 붙은 줄 아는 건가?"

데스트라는 진심으로 같잖다는 듯 나를 노려보았다. 아니, 그런 눈으로 볼 필요는 없잖아…….

"애초에 네 힘도 마신이 준 거 아니야?"

"당연히 아니지. 마신한테 받은 힘이라면 마신을 죽일 수는 없을 테니까. 이건 타고난 힘이야. 그렇기에 나는 언제든 마신을 죽일 수 있어. 하지만 간단히 죽여 버리면 재미없잖아? 기쁨의 절정에 달했을 때, 자신에게 복종하는 줄 알았던 존재의 손에 죽는 거야! 아아, 그때 마신은 어떤 표정을 지을까?! 그걸 상상만 해도 나는……!"

황홀한 표정을 짓는 데스트라를 보고 나뿐만 아니라 전원이 질린 얼굴을 했다. 이 녀석 진짜 위험한데……?

그러자 다시 우리에게…… 아니, 나에게 시선을 되돌린 데스트라가 사납게 눈을 부라렸다.

"그렇기에 이해가 안 돼! 왜 안 죽지?! 내 능력은 절대적이야! 즉사 무효 능력이 있든, 개념을 조작하든, 어떤 방법을 써도 막을 수 없다고!"

……라고 데스트라는 말하고 있는데요. 어떻게 된 건가요, 안내 방송 씨?! 아니, 내 몸!

대답해 주지 않을 것을 알면서도 무심코 속으로 묻자 정말로 안내 방송이 무감정하게 가르쳐 줬다.

『무효가 어쩌고저쩌고 개념이 어쩌고저쩌고 막는다는 둥 절대적이라는 둥…… 그런 수준으로 무효를 말하는 것부터가 어쭙잖습니다. 효과가 없으니까 듣지 않는 겁니다. 그게 다입니다.』

상대는 복잡하고 어렵게 말하는데 저는 아주 심플하네요!

하지만 그 심플함이 고맙다. 솔직히 데스트라가 하는 말은 10%도 이해하지 못했으니까. 뭐야? 사상이니 개념이니. 심플 이즈 베스트잖아.

근데 대답이 돌아올 줄은 몰랐어! 평소에는 레벨이 올랐을 때나 스킬이 발동했을 때만 들렸기에 이렇게 대화할 수 있는 게 조금 신기했다.

"말도 안 돼…… 말도 안 된다고……! 다른 세계에서는 쓸 수 없는 스테이터스와 스킬 따위에 의존하는 잔챙이한테 내 힘이 안 통하다니?! 그런 일은 있어선 안 돼!"

"나한테 그렇게 말해도 말이지……."

"아니, 세이이치 너는 왜 그렇게 긴장감이 없는 거야?!"
그야 잘 모르겠지만 나한테는 효과가 없는 것 같으니까.
그런 대화를 나누고 있으니 데스트라가 어떤 생각을 떠올린 듯한 표정을 지었다.
"그래…… 너한테 내 힘이 통하지 않더라도 다른 녀석들은 어떨까?!"
그렇게 말한 데스트라는 이번엔 내가 아니라 알과 사리아를 향해 손을 들었다.
어쩌면 좋을지 고민하며 반사적으로 블랙을 든 순간, 재차 머릿속에 안내 방송이 들렸다.
『스킬【동조】가 발동했습니다. 이에 따라 주위와 동조합니다.』
어? 동조?
데스트라가 사악하게 웃고 동료들이 얼굴을 굳힌 가운데, 나는 안내 방송에 정신이 팔려서 얼빠진 표정을 지었다.
『동조를 완료했습니다. 이번 동조는 세이이치 님의 체질을 동조의 본체로 삼고 주위와 동조했기에 주위에 있는 알트리아 님, 사리아 님, 헬렌 님의 체질이 똑같이 변하였습니다.』
크게 웃는 데스트라와 긴장한 표정을 지은 동료들.
그 모습을 보고 나는 나직이 중얼거렸다.
"어어…… 제 스킬로 동료들도 괜찮아진 것 같습니다."
"그러니까 대체 왜애애애애애애애애!"
데스트라는 다시 무너졌다. 어라? 이 녀석, 능력이 없으면 어떻게 싸우는 거지?

아무튼 내 스킬 덕분에 동료들이 죽을 일도 없어졌기에 나는 땀을 닦았다.

“후우…… 해냈네!”

“아니아니아니, 너 진짜 뭐야?!”

“세이이치 선생님…… 나 저 녀석의 능력을 듣고 저 녀석이 더 비상식적인 괴물이라고 생각했는데, 역시 세이이치 선생님이 더 비상식적인 괴물이구나…….”

“어째서?! 어딜 어떻게 봐도 상식인이잖아! 보통이라고!”

“보통은 상대가 절대적으로 자신하는 능력을 간단히 무효화하지 않아!”

알과 헬렌이 지적해서 어떻게든 나는 평범하다고 설득하는데 사리아가 평소처럼 생글생글 웃으며 말했다.

“그렇구나…… 세이이치 덕분에 우리는 괜찮은 거구나! 고마워!”

“어, 응. 그렇게 고맙다고 하니까…… 쑥스럽다고 할까, 내가 한 건 아무것도 없어서…….”

결과적으로 동료들을 살렸으니 만만세지만, 내가 뭘 했다기보다는 몸이 멋대로 움직인 것이었다. 자기 몸에 감사하는 것도 이상한 얘기지만 정말로 고맙습니다. 다만 본격적으로 【인간】이란 무엇인지 알 수 없어졌기에 적당히 자중하는 것도 고려해 주시면 좋겠습니다.

단숨에 긴장감이 사라진 우리와는 대조적으로 데스트라는 믿을 수 없다는 얼굴로 머리를 흔들었다.

"인정 못 해…… 나는 인정 못 해……! 거짓말이야. 분명 거짓말이라고오오오오!"

데스트라가 외친 순간, 재차 뭔가 좋지 않은 것이 뿜어져 나온 것 같았지만 이제 우리와는 상관없기에 방치했다.

근데 성가시네……. 능력 자체는 통하지 않게 됐지만, 기분 나쁘기는 하고. 눈에 보이지 않는 「즉사」를 상대해야 한다는 게…….

『적응하셨습니다.』

"……."

갑자기 새까만 기운 같은 것이 눈에 보이게 되었다.

잠깐만. 설마 정말로 보이게 된 거야? 거짓말이지?

하지만 실제로 갑자기 검은 기운이 눈에 보이게 됐고, 자세히 보니 그 검은 기운은 데스트라의 몸에서 뿜어져 나오고 있었다.

내가 놀라든 말든, 그 기운은 마치 뜻을 가진 것처럼 움직여 우리에게 달려들었다.

나뿐만 아니라 동료들에게도 갔기에 나는 순간적으로 그 기운을 손으로 잡았다.

"어……? 볼 수 있고 만질 수 있는데요……?"

"……세이이치, 갑자기 아무것도 없는 곳에 손을 들고 뭐

하는 거야?"

손안에서 당황한 것처럼 날뛰는 검은 기운을 보며 곤혹스러워하고 있으니 알과 헬렌이 괴상망측하다는 눈으로 나를 보았다.

"아, 잠깐만! 이유가 있어! 그러니까 그런 눈으로 보지 마!"

"그런 눈으로 보지 말라고 해도……."

"난데없이 허공을 움켜잡는데 그런 눈으로 안 보겠어?"

그야 그렇겠지!

하지만 사리아만큼은 내 손을 보며 고개를 갸웃했다.

"잘은 모르겠지만 지금 세이이치의 손에 좋지 않은 것이 잡혀 있는 것 같아……."

"뭐? 사리아한테는 뭔가 보이는 거야?"

"으음…… 보인다기보다는 야생의 감?"

나왔다, 야생의 감. 하지만 그 감이 무진장 잘 맞는단 말이지.

"어째서, 어째서 아무렇지도 않은 거야……!"

우리가 온화하게 대화하고 있을 때, 데스트라는 인정할 수 없다는 듯 땀을 줄줄 흘리며 필사적으로 우리를 향해 양손을 들고 있었다. 으음…… 포기하지 않으려나 본데.

나는 데스트라가 보내는 검은 기운을 일단 손으로 잡아서 모으다가 힘 조절을 잘못하여 터트리고 말았다.

"아, 이거 터트릴 수도 있구나."

『…….』

내가 그렇게 중얼거린 순간, 왠지 검은 기운이 경악한 것 같았다.

검은 기운을 회수하면서 든 생각인데, 이 검은 기운은 【죽음】 그 자체인 듯했다. 나도 구체적으로 설명할 순 없지만, 왠지 명계의 분위기와 비슷했다.

일단 나는 손에 모인 검은 기운을 보고 눈썹을 찌푸렸다.

"만약 이게 【죽음】이고 데스트라의 능력이라면…… 솔직히 기분이 좋진 않네. 대상의 생명을 무조건 빼앗다니 불합리해."

『……!』

약간 노여움을 담아 그렇게 말하자 손에 모인 검은 기운이 흠칫하더니 갑자기 새하얀 빛으로 변했다.

"어? 뭐야뭐야?! 무슨 일이 벌어진 거야?!"

"아니, 세이이치. 나랑 헬렌은 아까부터 네가 무슨 소릴 하는 건지 모르겠는데……."

아무한테도 안 보이는 것을 보며 혼자 반응하는 나는 확실히 이상하겠지! 하지만 보인단 말이야!

"어라? 세이이치의 손에 있는 거, 아까까지는 안 좋은 느낌이었는데 지금은 굉장히 좋은 것으로 바뀌었어."

나처럼 확실히 보이지는 않아도 감각적으로 인식하고 있는 사리아가 그렇게 말했다.

사리아의 말을 듣고 나도 이번에는 당황하지 않고 손에

있는 하얀 빛을 보았다. 조금 전까지와는 반대로 뭔가 생명력이 넘치며 몸에 활력을 줄 것 같은 힘이 되어 있었다.

그리고 손에 있는 빛은 직접 말을 하진 않았지만, 『나, 나리! 어떻습니까요?! 이제 죽이는 것에서는 손을 씻고 앞으로는 치유해 나갈 테니 용서해 주십쇼!』와 같은 의사가 내게 흘러들었다. 어어……?

즉, 검은 기운…… 【죽음】은 어째선지 정반대인 【치유】나 【생명력】 같은 힘으로 변모한 것 같았다.

심지어 내 손뿐만 아니라 데스트라의 몸으로도 빛이 뻗어 있었다. 지금까지 데스트라의 몸에서는 검은 기운이 뿜어져 나왔었는데 지금은 하얗고 따뜻한 빛이 넘쳐흘렀다.

"왜…… 왜 내 힘이 안 듣는 거야……."

어느새 데스트라는 울면서 필사적으로 손에 힘을 모으고 있었다.

잠시 후, 검은 기운에서 새롭게 바뀐 하얀 빛이 날아왔고, 나는 일부러 그걸 맞아 봤다.

그러자 내 몸이 한순간 빛났고 왠지 기분도 좋아졌다.

"오오, 몸에 힘이 넘치는데."

""""엥?""""

검은 기운과 마찬가지로 하얀 빛도 보이지 않는 알과 헬렌, 그리고 장본인인 데스트라가 내 반응에 얼떨떨해했다.

"세이이치, 나도 맞아 보고 싶어!"

"오, 그래? 그럼 데스트라 씨. 능력 써 주세요."

"뭐?"

데스트라는 이해할 수 없다는 표정이었지만, 그런 데스트라의 뜻과는 관계없이 하얀 빛이 사리아에게 날아갔다.

"음~! 정말이야! 뭔가 기운이 나!"

"그치? 알이랑 헬렌도 받아 봐."

"너 무슨 얘길 하는 거야?!"

"……모르겠어. 나는 세이이치 선생님이 어디로 가고 있는지 전혀 모르겠어……."

역시나 무슨 일이 일어나고 있는지 이해하지 못하는 알과 헬렌에게 어떻게 설명하면 좋을지 고민하고 있으니 재차 하얀 빛이 데스트라의 의지와는 관계없이 알과 헬렌에게 날아갔다.

"……?! 이, 이건……!"

"굉장해…… 세이이치 선생님 때문에 지쳤던 정신이 단숨에 회복되고 있어……!"

"어이."

나 때문에 정신이 지쳤다니 너무하지 않아? 울어 버린다?

뭐, 어쨌든 데스트라의 능력을 체험했으니 설명하기 조금 편해졌다.

"방금 체험한 대로 저 사람…… 데스트라의 능력이 【절사】? 라는 것에서 【치유】의 힘으로 바뀌었습니다."

"이해가 안 가는데?!"

"뭘 어떻게 하면 그렇게 되는 거야……."

나도 잘 모르겠다. 【절사】 능력이 혼자 멋대로 바뀐 거라서…….

그러자 내 발언을 들은 데스트라가 멍한 표정으로 자신의 손을 바라보았다.

"내, 내 힘이…… 치유로 바뀌었다고……?"

데스트라가 멍하니 말라비틀어진 풀을 향해 손을 든 순간, 풀이 순식간에 싱그러운 모습을 되찾았다.

하지만 그 광경을 보고 데스트라는 절망한 표정을 지었다.

"거, 거짓말. 이런 건 거짓말이야. 나는, 남을 불행하게 만드는 게…… 절망한 모습을 보는 게 좋은데…… 내 능력은 그게 가능했을 텐데……."

데스트라는 현실을 외면하듯 우리뿐만 아니라 주변 풀에 필사적으로 능력을 발동시켰다.

하지만 데스트라가 바란 결과와는 반대로 우리의 기분은 상쾌해졌고, 풀도 기뻐하는 것처럼 더욱 파릇파릇해졌다.

"아, 아아…… 아아아…… 아아아아아아아아아아아아아!!"

그리고 데스트라는 그 자리에 주저앉아 절망한 채 절규했다.

그 모습을 본 알이 연민하는 표정을 짓고서 데스트라의 뒤쪽으로 갔고—.

"뭐, 일단 자라."

"억?!"

—힘껏 때렸다.

데스트라는 의식을 잃으며 멍하니 중얼거렸다.

"내, 내 힘이…… 손상되지 않을 터인 미래조차, 바뀐……건……가……."

그리고 데스트라는 완전히 정신을 잃었다.

데스트라의 소지품

『레벨이 오르셨습니다.』

데스트라를 쓰러뜨린 순간, 머릿속에 그런 안내 방송이 들렸다. 어? 또 레벨이 올랐어? 거짓말이지?

이번에는 딱히 쓰러뜨렸다고 할 수 있을 만한 일도 안 했는데…….

"저기, 내 레벨이 올랐는데, 이거 어떻게 된 거야……?"

아무래도 나만 레벨이 오른 게 아닌 모양이다.

"레벨은 하나만 올랐어?"

"어? 으음…… 이상하네. 레벨이 609라고 적혀 있어……."

사리아가 고개를 갸웃하며 묻자 헬렌은 자신의 스테이터스를 확인하고 연신 눈을 비볐다.

아무래도 데스트라를 쓰러뜨리면서? 헬렌은 바라던『초월자』가 된 것 같았다. 아니, 정말로 왜 레벨이 그렇게 올랐는지 모르겠지만.

"뭐, 어때! 이로써 헬렌의 목적도 달성된 거지?"

"……그렇지. 어쨌든 세이이치 선생님과 함께 있으면 상식이 멋대로 달아난다는 걸 알았어."

“상식이 멋대로 달아난다니 그게 무슨 말이야?!”

“말 그대로 아닐까? 그렇게나 위험해 보였던 데스트라란 녀석이 영문도 모른 채 끝장나 버렸잖아. 능력이 바뀌었다는 걸 눈치채지도 못한 건 우리도 마찬가지지만.”

알이 어이없다는 얼굴로 그렇게 말해서 나는 그 자리에 주저앉았다.

그럴 수가…… 상식이 나를 피해 달아나다니…….

하지만 울적해하는 나와 달리 사리아는 평소처럼 밝게 입을 열었다.

“하지만 다행이야! 상식이 세이이치를 피해 달아난 덕분에 우리는 무사한 거지? 고마워!”

“어, 응? 그런가? 그렇다면야…….”

결과적으로 동료들이 무사하다면야 뭐, 상식이 달아나더라도 괜찮겠지! ……어라? 괜찮나?

“헬렌의 레벨도 오른 것 같고, 저 녀석이 기절해 있는 동안 스테이터스라도 확인해 둬.”

“아, 나도 레벨이 올랐으니까 확인할게.”

“너는 얼마나 엄청나지려는 거야?”

딱히 엄청나게 되고 싶은 건 아니에요!

나는 납득하지 못한 채 스테이터스를…….

“아, 내 스테이터스 가출 중이었지…….”

“스테이터스가 가출이라니 그게 무슨 소리야?!”

내 스테이터스 상황을 몰랐던 헬렌의 눈이 휘둥그레졌다. 아니, 나도 잘 모르겠어.

하지만 스테이터스를 볼 수 없으니 스킬도 확인할 수 없는 건가…….

그렇게 생각하자 오늘 대활약 중인 머릿속 안내 방송 씨가 갑자기 말을 걸어왔다.

『새로 획득한 스킬을 표시할까요?』

"어? 그런 게 가능해?!"

『네. 그럼 표시하겠습니다.』

생각보다 간단히 해결되어 버려서 맥이 빠졌는데 문득 시선이 느껴졌다.

알과 헬렌이 미심쩍다는 표정으로 나를 보고 있었다.

"……세이이치. 너 누구랑 얘기하는 거야?"

"어? ……머릿속 안내 방송?"

"역시 너 이상해."

"어째서?!"

헬렌도 알의 말에 고개를 끄덕이더니 『아, 또 세이이치 선생님의 비상식적인 행동이구나』라고 말하듯 내게서 시선을 뗐다. 어째서!

예상외의 취급에 납득 못하고 있으니 반투명한 창이 내 시야에 나타났다.

『이쪽이 이번에 획득한 종족 스킬, 【모두 달라서 모두 좋아】입니다.』

“뭐라고?”

방금 뭐라고 했어? 어떻게 들어도 스킬 이름 같지 않은 말이 튀어나온 것 같은데…….

『【모두 달라서 모두 좋아】입니다.』

“착각이 아니었단 말이야?!”

그거 평범한 스킬명이 아니라 시[#1]의 한 구절이잖아! 그 시 좋아하지만!

그보다 제일 중요한 효과는 뭐야? 전혀 상상이 안 가는데…….

【모두 달라서 모두 좋아】……종족 특유의 기술이나 유전자에 의한 특수 기술, 돌연변이 결과로 익힌 기술, 영혼에 새겨진 고유 기술 등 온갖 기술과 기능 체계를 습득할 수 있습니다. 그 범위는 현재 세이이치 님이 계신 별에 그치지 않고 다른 별, 세계, 차원, 신들에까지 이르며, 세이이치 님께서 「아, 이거 좋네」 하고 생각만 하셔도 그 이상의 능력을 세이이치 님 전용 능력으로 승화하여 습득합니다.

내 몸이 진짜로 자중을 안 해……! 그보다 어느새 스킬 설명에도 내 이름이 고유 명사로 등장하는데요?!

#1 시 가네코 미스즈의 시, 「나와 작은 새와 방울과」.

뭐야? 요컨대 지금까지 이 세계의 스킬만 쓸 수 있었지만, 그 제한이 갑자기 해제됐다는 거야? 그렇다고 해도 해제 방식이 너무 급진적이잖아! 왜 조금씩 해제하질 못하는 거야?!

그리고 스킬 내용이 스킬 이름과 전혀 달라……!

모두 달라서 모두 좋다고 하는데 그 개성을 내가 뺏으면 안 되지!

나는 아무도 모르게 내 스킬에 태클을 걸었다.

"그럼 이 녀석을 어쩔까?"

그런 나를 내버려 둔 채 알이 기절한 데스트라 앞에서 곤혹스러운 표정으로 말했다.

"제일 좋은 방법은 란제 씨한테 넘기는 것 아닐까? 임금님이고, 【마신교단】의 정보도 얻고 싶으니까."

"그게 타당하려나. 하지만 묘한 짓을 해도 곤란하니까 넘기기 전에 소지품은 몰수해 두자."

"아, 그건 내가 할게. 알이나 사리아한테 무슨 일이 생기는 건 싫으니까."

"그, 그래? 그럼…… 부탁할게."

내 말에 알은 얼굴을 붉히고서 그대로 물러났다.

그럼 바로 조사하고 싶지만…… 데스트라가 빈손인 걸 보면 아이템 박스에 들어 있을 가능성이 크겠지.

만약 아이템 박스에 들어 있다면 나로서는 어쩔 방도가 없는데…….

난데없이 소지품 검사에 애먹고 있으니 오늘 자주 듣는 안내 방송이 나왔다.

『스킬 【진화】가 발동했습니다. 이에 따라 대상의 아이템 박스에 간섭할 수 있습니다.』

내 몸에 한마디 하기도 지쳤기에 오늘은 이제 그냥 넘어가겠습니다.

간단히 해결되어 버려서 미묘한 기분을 느끼면서도 바로 확인하려고 했지만…… 대상의 아이템 박스에 간섭은 어떻게 하는 거지?

고개를 갸웃하자 갑자기 내 눈앞에 반투명한 창이 나타났다. 자세히 보니 그 창에는 데스트라의 아이템 박스 내 아이템 목록이 적혀 있었다.

목록에 있는 『플레임 나이프』라는 것을 눌러 보니, 새빨간 칼날을 가진 단검이 허공에서 나타났다. 오오, 굉장해. 정말로 간섭할 수 있어. 근데 이 목록에 있는 아이템, 혹시 던전 내에서 입수한 물건인가?

확실히 도중에 발견했던 보물 상자는 전부 비어 있었고 지금까지 큰 성과도 없었지만, 이런 데서 한꺼번에 손에 들어올 줄이야……. 왠지 데스트라가 게임 같은 데 나오는, 많은 아이템을 떨어뜨리는 보너스 캐릭터로 보였다. 경험치도

많이 준 것 같고. 한 명 더 나타나면 좋겠다.

그렇게 이것저것 살펴보니 개중에는 헬렌이 쓸 만한 무기와 아이템도 있었다.

"오, 헬렌. 이거 네가 쓰기 딱 좋지 않아?"

"응?"

그렇게 말하며 건넨 것은 『풍인(風刃)』과 『뇌인(雷刃)』이라는 이름의 단검 두 자루였다.

어딘가 일본 느낌이 나는 디자인이었고, 『풍인』은 예쁜 초록색 칼날, 『뇌인』은 예쁜 노란색 칼날에 각각 바람과 번개가 얇게 휘감겨 있었다.

『풍인』은 소지자의 민첩성을 높이며 적의 원거리 공격……화살이나 약한 마법을 자동으로 빗나가게 하는 효과를 가졌고, 『뇌인』은 『풍인』과 마찬가지로 민첩성을 높이면서 단검으로 벤 대상을 마비시키는 효과를 가진 신화급(미솔로지) 무기였다.

신화급 장비가 나올 정도니까 이 던전은 역시 고난도 던전이었던 것 같다.

나한테서 단검 두 자루를 받은 헬렌은 홀린 얼굴로 단검을 바라보았다.

"예쁘다……."

"이거라면 헬렌의 무기로 쓸 수 있잖아?"

"……그래도 돼? 이거 엄청난 물건인 것 같은데……."

어째선지 헬렌은 갑자기 그런 말을 했다.

“『감정』해 봤는데 신화급은 웬만해선 볼 수 없는 무기고, 사용하면 누구든 강해질 수 있어.”

“응? 그게 나한테 필요해 보여?”

“아, 그러네…….”

농담으로 한 말이었지만 곰곰이 생각해 보니 정말로 필요 없었다.

“하, 하지만, 팔면 평생 놀고먹을 만한 돈을 벌 수 있을 거야.”

“으음…… 하지만 나는 다 쓰지도 못할 만큼 많은 돈을 가지고 있어서…….”

“정말로 세이이치 선생님은 뭐야?”

그런 철학적인 질문을 던져도 곤란하단 말이지. 이제 나도 나를 모르겠거든.

“아무튼, 사양하지 말고 받아. 애초에 여기엔 헬렌을 훈련시키려고 온 거니까.”

“하, 하지만…….”

“헬렌, 괜찮아! 나도 내 무기가 있는걸!”

“맞아. 괜히 사양해 봤자 기운만 빠지는 거야. 이유는 모르겠지만 힘이 필요하잖아? 그럼 받아 둬.”

나뿐만 아니라 사리아와 알도 그렇게 말하자 결국 헬렌은 두 자루 모두 받았다. 그 밖에도 헬렌이 쓸 만한 물건이 없을까 찾아봤지만, 이것보다 좋은 물건은 찾을 수 없었다.

그리고 레어도도 신화급(미솔로지)이 최고였고 몽환급(판타지)은 없었다.

다만 흉흉한 효과를 가진 무기가 몇 개 나왔기에 여기서 데스트라를 쓰러뜨려서 정말 다행이라는 생각이 들었다. 칼로 벤 상대의 상처가 아물지 않게 된다니, 그게 뭐야. 너무 무섭잖아.

이것들이 【마신교단】 녀석들에게 넘어갔을지도 모른다고 생각하면 전혀 웃을 일이 아니었다. 데스트라는 마신을 깔보고 있었고, 실제로 넘겼을지는 모르겠지만.

이렇게 모 파란 너구리 로봇처럼 데스트라의 아이템 박스에서 꺼낸 아이템을 주위에 늘어놓고 있으니 어떤 아이템이 눈에 들어왔다.

특별할 것 없는 투명한 수정처럼 보였는데, 어째선지 이것만 데스트라의 아이템 박스가 아니라 주머니에 들어 있었다.

"어라? 이거……."

자세히 보니 낯익은 느낌이 들기도 해서 나는 고개를 갸웃했다.

그냥 봐도 알 수 없었기에 바로『상급 감정』으로 조사하려고 했을 때, 사리아가 내게 말을 걸어왔다.

"세이이치, 왜 그래?"

"어? 아아—."

그에 반응하여 돌아본 순간, 내 손에서 수정이 떨어졌고, 허둥지둥 잡으려고 했지만, 괴물 같은 스테이터스를 가진 나도 본판이 굼뜬지라, 잡은 줄 알았다가 놓치는 동작을 몇 번씩 반복하다가 최종적으로 떨어뜨리고 말았다.

그렇게 떨어진 수정은 깨졌고, 안에서 연기가 튀어나와 내 몸을 감싸더니—.

"엥?!"

"세, 세이이치?!"

"어이!"

—나는 낯선 숲속에 서 있었다.

마법을 쓸 수 없는 숲

"……엥?"

정신 차리고 보니 숲속이라 멍하니 서 있을 수밖에 없었다.

여긴 어디? 나는 누구? ……농담할 때가 아니지.

"아니, 진짜 여기 어디야?! 사리아~! 알~! 헬렌~!"

그 자리에서 외쳤지만, 대답은 돌아오지 않았다.

이에 불안해졌지만, 목에 걸고 있던 『끝없는 사랑의 목걸이』의 효과를 떠올리고 즉각 사리아에게 통신을 시도했다.

"사리아! 들려?!"

『—아, 세이이치! 들려, 잘 들려!』

목걸이에서 대답이 돌아온 것에 안도하여 숨을 내쉬었다.

명계에 갔을 때는 거의 내 의지로 갔던 거라서 그렇게까지 불안하지 않았지만, 모르는 토지에 갑자기 날려지니 소심한 나는 참을 수 없이 불안했다.

그래도 이번에는 명계 때와 달리, 목걸이의 효과로 연락이 가능해 그나마 다행이었다.

『어이, 세이이치! 너 지금 어디 있어?!』

한시름 놓자 이번에는 알의 당황한 목소리가 들렸다. 알한테는 평소에 태클 거는 역할을 맡길 때가 많은데 이렇게 또 걱정을 끼치니 정말로 미안했다.

"어디 있냐고 물어봐도…… 솔직히 나도 모르겠어."

그도 그럴 게 눈앞에 갑자기 울창한 숲이 펼쳐져 있었다.

주변을 둘러봐도 나무들뿐이라서 솔직히 어디라고 대답할 수 없었다.

다만 이렇게 목걸이의 효과가 발휘되는 걸 보면 같은 별의 어딘가로 날려진 것이니 어떻게든 합류는 할 수 있을 터다.

그러자 이번에는 사리아의 밝은 목소리가 들려왔다.

『다행이다~! 세이이치라면 괜찮을 거라고 생각해도 역시 걱정됐어…….』

"사리아…… 미안."

늘 천진난만한 사리아한테도 걱정을 끼쳐서 정말로 미안했다.

『너라면 거기서 전이 마법으로 돌아올 수 있잖아? 얼른 돌아와. 이 데스트라란 녀석을 임금님한테 넘기기도 해야 하지만…… 빨리 널 보고 싶으니까.』

뺨을 빨갛게 물들이며 그렇게 말하는 알의 모습이 떠올랐다. 듣고 보니 확실히 전이 마법으로 당장 돌아갈 수 있기에 바로 마법을 쓰려고 했다.

하지만―.

"어라?"

『세이이치, 왜 그래?』

"아니, 그게……."

몇 번씩 전이 마법을 발동시키려고 했지만 어째선지 전이 마법은 전혀 발동되지 않았다.

"뭐지? 이 장소 때문인가?"

만약 그렇더라도, 이 장소의 특성 때문에 내가 전이 마법을 못 쓰는 거라면 자중하지 않는 몸이 가만있지 않을 텐데…….

곤혹스러워하고 있으니 오늘 대활약하는 머릿속 안내 방송이 말했다.

『세이이치 님. 이곳은 마법을 쓸 수 없는 땅인 것 같습니다.』

"어? 그럼 평소처럼 【진화】가 발동해서 마법을 쓸 수 있게 되지는 않는 거야?"

『아쉽게도…… 이곳에서 마법을 쓰지 못하는 것은 이 특수한 땅이 세이이치 님에게 간섭하는 것이 아니라 마법 자체에 간섭하는 것입니다. 그래서 【진화】 효과가 발동하지 않는 겁니다.』

맙소사.

처음으로 【진화】의 약점이라고 할까, 빈틈을 발견했다.

나에게 간섭하는 것이라면 묻지도 따지지도 않고 적응하지만, 내 몸이 아닌 곳에는 효력을 발휘하지 않는 거다.

이로써 내 괴물성이 옅어지느냐고 묻는다면 솔직히 「그게 뭐?」 수준이라 바뀌는 건 없지만……. 이런 상황에서는 그저 불편할 뿐이다.

어차피 나 자체와 관련된 일에는 【진화】가 발동하니까 결국 치트를 넘어선 버그 같은 효과라는 건 변함없고. 그래도 【진화】가 완벽하지 않다는 것에 조금 안도감이 들긴 했다.

어찌되었건 지금 당장 돌아갈 수 없다는 것을 안 나는 한숨을 쉬고서 목걸이를 통해 사리아와 알에게 전했다.

"아무래도 이곳에서는 마법을 쓸 수 없는 것 같으니까 마법을 쓸 수 있는 곳까지 이동한 다음 그쪽으로 돌아갈게."

『……괜찮은 거야?』

그러자 목걸이에서 알의 걱정 어린 목소리가 들려서 나는 쓴웃음을 지었다.

"으음…… 괜찮다고 단언할 순 없지만, 확실하게 돌아갈 거야. 그리고 이렇게 연락은 할 수 있으니까 무슨 일 생기면 바로 연락할게."

『……응. 그럼 기다릴게.』

"아, 너희도 무슨 일 생기면 바로 연락해 줘. 이 숲을 날려서라도 갈 테니까."

이 숲이 마법 사용을 방해한다면 최종 수단으로 숲 자체를 없애 버리면 된다. 내가 생각하기에도 바보 같은 그런 생각이 떠오르는 걸 보면 내 사고도 점점 몸을 따라가는 것 같다. ……바보 같은 생각인데 실현할 수 있을 것 같아서 뭐라 할 말이 없다.

환경을 파괴하고 싶지는 않지만, 사리아에게 무슨 일이 생긴다면 나는 그딴 거 무시하고 갈 거다.

"그럼 뭔가 진전이 있으면 또 연락할게."

『응, 조심해!』

사리아의 말을 끝으로 우리는 일단 통신을 종료했다.

"자, 그럼…… 여기가 어디인지도 모르겠고, 대충 걸을 수밖에 없나."

산속에서 함부로 돌아다니면 위험하다고 하지만, 맨 처음 이 세계에 떨어진 곳도 매우 위험한 숲이었고, 지금은 그때보다 안전하게 지낼 수 있을 테니까 어떻게든 되겠지.

"그런고로…… 운을 시험하기로 할까."

나는 근처에 떨어져 있던 나뭇가지를 주워서 땅에 세웠다.

"자, 어느 쪽으로 쓰러질까?"

바로 나뭇가지에서 손을 떼자 오른쪽으로 쓰러졌다.

"좋아, 오른쪽인가."

스테이터스가 가출 중이라 정확한 수치는 알 수 없지만, 운은 좋을 테니까 아마 괜찮겠지. ……아니, 잠깐. 생각해 보니 가출하기 전에도 표시되지 않았고, 실제로는 몇인 거지?

어쨌든 나는 이 영문 모를 숲을 헤매기 시작했다.

◆ ◆ ◆

"젠장, 세이이치 녀석…… 왜 그 녀석은 이렇게 말썽에 휘말리는 거야?!"

세이이치가 갑자기 사라진 후, 던전에 남겨진 사리아와 알은 세이이치와 연락했다.

그리고 세이이치가 전혀 다른 곳에 무사히 있음을 확인하고 한숨 돌렸다.

평소 같았으면 전이 마법으로 당장 돌아올 수 있었을 테지만, 세이이치가 날려진 곳은 마법을 쓸 수 없는 장소인 모양이라 일단 주변을 탐색해 보겠다고 했다.

"설마…… 내 저주 때문인가?! 이제 괜찮은 줄 알았는데……!"

이제껏 저주 때문에 고통받았던 알은 자신의 저주 때문에 세이이치가 큰일을 겪고 있는 게 아닌가 싶어서 얼굴이 창백해졌다.

"세이이치라면 괜찮아! 그리고 알 탓이 아니야."

"하, 하지만……."

여전히 불안한 표정인 알을 사리아가 다정하게 껴안았다.

"괜찮아. 세이이치는 분명하게 돌아올 거라고 했고, 만약 정말로 알의 저주가 세이이치에게 닥쳤더라도 곧장 저주가 세이이치를 피해 달아날 거야!"

"……그게 뭐야……. 하지만 부정할 수 없다는 게 웃긴다니까……."

사리아에게 안겨서 차분해진 알은 쓴웃음을 지었다.

"고마워, 사리아."

"응!"

평소 모습으로 돌아온 알은 여전히 기절해 있는 데스트라를 보았다.

"……세이이치가 이 녀석의 소지품을 전부 회수해 준 덕분에 이제 이 녀석은 안 위험할 것 같긴 한데……."

"……아, 생각났어! 세이이치가 떨어뜨린 수정, 저번에 학원에서 병사 아저씨들이 세이이치랑 싸웠을 때, 마지막에 썼던 그거 아니야?"

"아아, 싸움이라고 할 수도 없었던 그때! 자세한 효과는 모르겠지만…… 아무래도 임의의 장소로 전이할 수 있는 물건인 것 같으니까, 지금 세이이치가 있는 곳은 어쩌면 이 데스트라라는 녀석이 이 던전 다음에 가려고 했던 곳일지도 모르겠네."

"어쨌든 우리는 이 사람을 왕국의 병사 아저씨에게 넘기자!"

"그래야지."

데스트라를 대충 둘러업은 알은 헬렌의 모습이 이상하다는 걸 깨달았다.

"……."

"응? 어이, 왜 그래?"
"……마법을…… 쓸 수 없는 곳……? 아니, 하지만……."
"헬렌?"
"……읏! 어, 왜?"
사리아가 헬렌의 얼굴을 들여다보자 헬렌은 그제야 사리아와 알이 자신을 보고 있다는 걸 알아차렸다.
"……네 모습이 이상하길래."
"……생각 좀 하느라고. 하지만 그 녀석이 【마신교단】의 간부 같은 위치라면 아지트로 전이했을 가능성도 있는 거겠지……."
"음? 그런가…… 아지트로 전이했을 수도 있나……."
새로운 가능성에 알은 눈썹을 찌푸렸지만 이내 고개를 저었다.
"어디로 갔든 간에 생각해도 소용없겠지. 어쨌든, 이 녀석을 데리고 냉큼 던전에서 나가자. 괜찮지?"
"네. 괜찮아요. 목적이었던 레벨업은 달성했고……."
"좋아, 그럼 돌아가자."
이리하여 세이이치가 숲을 탐색하기 시작했을 때, 사리아 일행은 왕도로 귀환했다.

숲속 만남

아버지, 어머니. 그리고 사리아와 동료들. 다들 잘 지내고 계시나요?

저는 지금—.

"—애벌레한테 쫓기고 있습니다아아아아아아!"

""""프규루루루루루루루루루!""""

데스트라의 소지품에서 나온 수정 때문에 마법을 쓸 수 없는 낯선 숲으로 날려진 나는 그 후 정처 없이 헤맸고, 새날이 밝았다.

자중하지 않는 몸 덕분에 졸음도 배고픔도 느끼지 않는지라 밤새 탐색을 이어갔지만, 사람의 흔적을 찾지는 못했다. 졸리지도 않고 배고프지도 않다니, 본격적으로 인간이 아니다.

아무튼 【끝없는 비애의 숲】에 처음 떨어졌을 때와 비교하면 내 실력도 좋아졌고, 통신이긴 해도 사리아와 연락할 수 있는 상황이라서 정신적으로는 여유로웠다.

하지만 탐색 중에 습격해 온 거대한 호랑나비 같은 마물 『버서크 파피용 Lv: 78』을 쓰러뜨리자 주위에 있던 몸길이 약 5m의 통통한 애벌레…… 『버서크 캐터필러 Lv: 55』 대군이 격노한 모습으로 내게 달려들었다.

심지어 그 수가 심상치 않아서 수백 마리는 되어 보였다.

"메뚜기나 나비 같은 성충이라면 괜찮지만, 애벌레는 역시 징그러워어어어어어어!"

"프규루루루루루루루!"

진짜 그런 소리로 우는 거냐고 소리치고 싶어지는 울음소리를 들으며 나는 필사적으로 도주극을 펼쳤다.

내가 전력으로 달리면 틀림없이 따돌릴 수 있겠지만, 그러면 숲이 날아가 버릴지도 모른다……. 자연을 파괴하고 싶지는 않은지라!

하지만 이대로 가다간 상황만 점차 악화될 뿐이다.

싫지만…… 정말 싫지만, 해치울 수밖에 없나……!

나는 결심하고 태도를 바꿔 【증오가 소용돌이치는 세검(블랙)』을 뽑으며 애벌레 대군과 마주했다.

그리고—.

"그만 쫓아와!"

주변 숲에 최대한 영향이 가지 않도록 의식하며 블랙을 휘두르자 대군의 선두에 있었던 애벌레가 둘로 갈라졌다. 그 참격은 멈추지 않고 대군의 정중앙에 있던 애벌레들까지 베어 버렸다.

그 결과—.

"""프, 프규루루라아아아아!"""

끈적한 녹색 액체가 이쪽까지 튀었다.

"……."

나는 그것을 말없이 바라보다가 다시 애벌레들에게 등을 돌렸다.

"역시 징그러워어어어어어어어어어어어어어어어어어!"

무리무리무리무리! 전투력이 문제가 아니라 생리적으로 무리야! 해치울 때마다 내 정신력이 깎여 나간다고!

나는 재차 도주하기 시작했고, 나도 모르는 사이에 낭떠러지 밖으로 나가 있었다.

"……응? 어라아아아아아아아?!"

도망치기 급급해서 낭떠러지를 눈치채지 못하다니 바보 아니야?!

갑자기 땅이 없어져서 놀란 나는 아무런 대처도 하지 못한 채 30m는 넘을 절벽에서 떨어졌다.

"으겍."

얼굴을 땅에 박으며 착지했지만, 딱히 아프진 않았고 코피조차 나지 않았다. 역시 인간이 아니야.

일어나서 절벽을 올려다보니 애벌레들이 낭떠러지 위에서 나를 원망스레 보고 있었다.

애벌레들도 이 절벽을 뛰어내려서까지 쫓아오진 않을 모양인지 그대로 떠났다.

……그러고 보니 『공왕의 부츠』를 신고 있는데 그걸 발동

시킬 여유가 없었다. 발동시켰다면 이렇게 바보같이 떨어지진 않았을 텐데…….

당황해서 여러모로 정신이 좀 빠져 있다고 생각하면서도 마음을 다잡고 뒤돌아봤다가 다시 피폐해졌다.

"어어…… 이 숲, 얼마나 광대한 거야……?"

절벽에서 떨어진 곳도 숲이었고, 여기서도 마법을 쓸 수 없었다.

시험 삼아『공왕의 부츠』를 사용해 상공으로 이동해서 마법을 써 봤지만 그래도 발동하지 않았다. 공중도 포함해서 하나의 공간이 되어 있는 것 같았다.

그래도 장비의 효과는 마법과 다른지, 목걸이도 그렇고, 부츠의 효과도 제대로 발휘되었다. 뭔가 전이계 도구를 갖고 있었다면 좋았을 텐데.

"말해 봤자 별수 없나. 일단은 마법을 쓸 수 있는 곳까지 가야겠지."

갖고 싶어 한다고 해서 없는 게 생기지는 않기에 나는 눈앞의 숲으로 들어갔다.

◆ ◆ ◆

"응?"

한참 걸어가니 불현듯 물 흐르는 소리가 들렸다.

"이건…… 개울일까?"

개울이 있다면, 그걸 따라가면 마을이 나올지도 모른다.

"일단 소리가 나는 쪽으로 가 볼까."

지금은 점심 무렵일 것이다. 태양이 딱 머리 위에 있었다.

그리고 나는 어제부터 밤새 걸었다. 피곤하진 않지만 몸이 조금 찝찝했다. 만약 개울이 깨끗하다면 전신 목욕은 못 하더라도 최소한 세수 정도는 하고 싶었다.

애벌레 대군에게 쫓긴 이후로는 마물과 만나는 일 없이 순조롭게 나아갔고, 마침내 물소리가 나는 곳에 도착했다……!

"도착했다아아아아아아아!"

"헉?!"

"헉?"

—그렇게 도착한 곳에서 긴 보라색 머리와 피처럼 붉은 눈을 가진 여성이 눈을 크게 뜨고서 나를 바라보고 있었다.

마침 목욕 중이었는지 보라색 머리카락과 피부에 물방울이 맺혀 있었다.

그리고 목욕 중이었다는 것은 당연히 옷을 입지 않았다는 것이라서…….

"""……."""

서로를 바라보며 굳었고—.

"—꺄아아아아아아아아아아아아아아아아아아아아!"

"—으아아아아아아아아아아아아아아아아아아아아!"

나와 여성은 함께 소리 질렀다.

"왜 네가 소리 지르는 거야?!"

그러자 여성은 즉각 손으로 몸을 가리며 나를 노려보고 그렇게 지적했다.

"이, 이런 야외에서 벌거벗다니…… 변태!"

"잠깐, 이상하지 않아?! 지금은 내가 힐문할 상황이잖아!"

"그, 그러게요……."

"넌 뭐야?!"

"—무슨 일이십니까, 폐하!"

여성의 정확한 지적에 무심코 고개를 끄덕이자 투박한 갑옷을 입은 키 큰 여성이 뒤에서 나타났다.

갑옷을 입은 여성은 긴 흰색 머리를 하나로 땋아서 어깨로 늘어뜨리고 있었다.

그 여성이 나를 보더니 눈을 날카롭게 치뜨고 갑자기 발검하여 달려들었다!

"아니?! 이…… 역적놈!"

"잠깐만요, 변명의 여지를……."

"죽어라!"

"이 세계 사람들 진짜 싫어!"

아무리 내가 발언하려고 해도 일방적으로 무시하고 공격하니 멘탈이 남아나질 않는다고!

움직임의 예리함 등은 루이에스와 비슷한 느낌이 드니까

어쩌면 실력도 루이에스와 비슷할지도 모르겠다.

하지만 나는 그런 공격을 내가 생각하기에도 기분 나쁜 자세로 피했다.

"그 기분 나쁜 움직임…… 역시 악의 수하인가!"

"굉장히 추상적인 단정이네요?!"

악의 수하는 뭐야? 【마신교단】인가? 뭐, 움직임은 어떤 사신(邪神)처럼 기분 나쁘다고 나도 생각하지만!

그러나 내가 제대로 확인하지 않고 개울에 온 것도 사실이기에 내 쪽에서 여성을 공격할 수도 없어서 계속 공격을 피했다.

그럼 어떻게 오해를 풀까—.

"—멈춰라, 리엘."

언제 입었는지 아까까지 목욕 중이던 여성이 뭔가 굉장히 호화로운 옷을 입고서 묘하게 관록 있는 분위기로 그렇게 말했다. 아니, 분위기만 그런 게 아니라 말투도 바뀌었다……?

"읏! 하오나 폐하……!"

"멈추라고 했다. 두 번 말하게 하지 마라."

"예……."

잘 모르겠지만, 눈앞의 여성 덕분에 리엘이라고 불린 갑옷 입은 여성이 검을 집어넣었다.

다만 나를 노려보는 것은 잊지 않았고, 내가 뭔가 이상한 움직임을 보이면 즉각 베어 버리겠다는 표정이었다. 어어?

무서워…….

너무나 사나운 형상에 질겁하고 있으니 호화로운 옷을 입은 여성이 나를 똑바로 바라보았다.

"네놈은 누구냐?"

"예? 누구냐니…… 모, 모험가 세이이치입니다?"

이렇게 말하면 되나? 하지만 따로 대답할 만한 말도 없고…….

내 대답이 정말 괜찮은 건지 고민하고 있는데 어째선지 리엘 씨와 여성의 경계심이 조금 약해졌다.

"흠…… 이름의 울림을 보건대 카이젤 제국의 스파이는 아닌 것 같군……."

"하지만 다른 세계에서 소환된 용사일 가능성도 있습니다."

"그것도 아닐 것이다. 이자는 목걸이도 팔찌도 차고 있지 않다. 그 나라가 목걸이와 팔찌도 채우지 않고 용사를 풀어 둘 리 없다."

"그럼 교단 사람일까요?"

"그 가능성도 희박할 것이다. 어쨌든 적이라면 짐이 혼자 있을 때 공격했을 테지."

두 사람은 나한테 들리지 않는 목소리로 소곤소곤 이야기했다. 저기요~? 눈앞에서 속닥거리는 건 너무하지 않나요?

일단 호화로운 옷을 입은 여성과 리엘 씨는 이 숲에 익숙한 것 같으니 아마 이 근방에서 생활하고 있을 테고, 생활 터전에 갑자기 나타난 나는 어떻게 봐도 수상한 존재일 것이다.

"저기…… 실례합니다. 저도 하나 여쭤봐도 될까요?"

"뭐지?"

처음 만났을 때 소리 질렀던 사람과 동일 인물이라는 생각이 안 들 만큼 위엄이 넘쳤다. 정말 같은 사람 맞나?

"그게, 이 근처에 마법을 쓸 수 있는 곳은 없나요?"

"있더라도, 짐이 그걸 가르쳐 줄 것 같나?"

"어어……."

그야 생판 남인 저에게 가르쳐 줄 의무는 없죠…….

기운이 쭉 빠진 나와는 대조적으로 리엘 씨는 눈을 치켜떴다.

"네놈…… 그걸 알아서 어쩔 셈이지?"

"어쩔 셈이냐니…… 원래 있던 곳으로 돌아가고 싶어서 전이 마법을 쓸 수 있는 곳으로 이동하고 싶은 건데요……."

"전이 마법이라…… 흠. 적은 아닌 것 같지만, 내버려 두기엔 위험한 존재군."

여성이 뭔가 불온한 말을 중얼거렸다.

그러자 새로운 인물이 나무에서 뛰어내려 여성 앞에 무릎을 꿇었다.

"—폐하."

"음? 무슨 일이냐."

그 인물은 오리가와는 살짝 디자인이 다른 수수한 검은색

옷을 입고 있었다. 밀정이나 첩자, 닌자 같은 말이 어울리는 사람이었다.

얼굴도 눈만 내놓고 검은 천으로 가려서 성별조차 알 수 없었다. 『상급 감정』을 쓰면 알 수 있겠지만…… 섣불리 움직였다가 괜히 경계당하면 곤란하니 말이지.

닌자 같은 인물은 무릎을 꿇은 채 냉철한 음성으로 여성에게 보고했다.

"또다시 적들이 제도(帝都)로 가고 있습니다."

"칫…… 성가시군. 지금 당장 돌아간다."

""예!""

이제 나는 완전히 없는 사람 취급이라 눈앞에서 벌어지는 일을 그저 바라볼 수밖에 없었지만, 닌자 같은 인물이 별안간 내게 시선을 보냈다.

"그런데 폐하. 저자는 어떻게 할까요."

"내버려 둬라. 지금은 시간이 아깝다. ……아니지, 잠깐."

내게 등을 돌리고서 두 사람을 데리고 떠나려 했던 여성이 발을 멈추더니 다시 나를 보았다.

"만약 적이어서 우리를 방해하면 귀찮아져."

여성이 근처 나무들을 향해 후우 하고 숨을 분 순간, 각각의 나무줄기에 불이 붙었다.

그 불은 부드럽게 맥동하고 있는 것처럼 보였다.

"발을 묶어라."

그 말만 하고서 이번에야말로 여성들은 떠났다.

…….

"헉?! 아니아니, 저도 데리고—."

그렇게 말을 꺼낸 순간, 여성의 숨을 받아 어째선지 줄기에 불이 붙은 나무들이 움직이더니 땅에서 뿌리를 꺼내 사람처럼 걸어와 내 앞을 막아섰다.

"으어어어어?! 나무가 걸었다?!"

무의식적으로 『상급 감정』을 사용했지만 마물은 아닌지 레벨도 이름도 표시되지 않았다.

하지만 눈앞의 나무는 마치 나를 붙잡아 두려는 것처럼 움직이고 있었다.

어어…… 이거 쓰러뜨려도 되는 건가?

하지만 여기서 발이 묶여 있으면 또 숲을 헤매야 하고…….

진심으로 곤혹스러워하고 있으니 갑자기 나무가 입을 열었다.

"제 이야기를 들어 주시면 안 될까요?"

"예? 아, 네. ……네?"

나는 나무를 빤히 바라보았다.

어느새 나무에 눈과 입이 생겨나 있었다.

…….

"나무가 말했다아아아아아아아아아아아아?!"

내 외침이 숲에 울려 퍼졌다.

말하는 나무와 결의

눈앞에서 갑자기 눈과 코와 입 같은 부위가 생겨나 말하기 시작한 나무를 보고 나는 깜짝 놀랐다.

이거 『전 언어 이해』 스킬이 발동해서 알아들은 것도 아니야! 눈과 입이 있다고!

이것저것 태클 걸 부분이 가득한 존재에게 어떻게 대응하면 좋을지 알 수 없어서 곤혹스러워하고 있으니 나무가 차분한 모습으로 다시 말을 걸어왔다.

"서서 얘기하기도 뭐하니 앉으시죠."

"아, 네."

……아니아니아니, 평범하게 대답했지만, 나무가 앉으라고 권하는 것은 흔히 체험할 수 없는 일이지 않을까요.

그렇게 생각하면서도 앉아 버린 나는 이러니저러니 해도 지금까지 이해할 수 없는 현상을 너무 많이 겪어서 익숙해져 버린 것 같다. 싫다. 좀 더 평화로워지고 싶어.

그러자 나무는 뭔가를 눈치챘는지 미안해하는 표정을 지었다.

"이거 죄송합니다. 제 쪽에서 붙잡아 두고 차도 내지 않다니……. 이 나무를 나무라 주세요. 픕…… 크크크크."

"자기 개그에 웃는 거야?!"

역시 이 나무, 여러모로 이상하잖아. 아마 다른 나무가 말하게 되더라도 이렇게까지 이상한 소리는 안 할 거다. 정말 그럴지는 나도 모르지만.

"그럼 차를 준비…… 아, 잔이 없네요. 수고스러우시겠지만 제 몸을 파내서 잔을 만들어 주세요."

"싫은데요?!"

무서워, 무서워, 무서워. 이 나무, 이상하기만 한 게 아니라 무서운데요. 왜 자기 몸을 파내라고 하는 거야? 안 아파? 안 아프더라도 싫어.

"그럼 저기 있는 나무를 파내죠."

"처음부터 그러면 됐잖아."

내 지적을 무시한 나무는 어떻게 했는지 모르겠지만 솜씨 좋게 컵 형태로 나무를 파냈다. 큰일이다. 내가 말해 놓고서 머릿속이 혼란스러워졌다.

그런 다음 나무는 자기 머리?에 우거진 이파리로 손을 뻗었고—.

"끄아아악! 하아, 하아…… 아악!"

"……."

이러다 죽는 게 아닐까 싶을 만큼 고통스러워하며 잎을 뜯어내 컵에 넣었다.

"으웨에에엑!"

그리고 입을 벌려 침 같은 것을 컵에 넣고 만족스럽게 고개를 끄덕였다.

"후우…… 자, 드시지요."

"농담이죠?"

이걸 마시라고? 바보냐?

그렇게나 고통스러워하며 잎을 뜯는 걸 보고, 심지어 침 같은 것으로 만든 차?를 누가 마시고 싶어 하겠어? 나무와 인간의 감성은 다르다고.

"그런가요……. 아쉽지만 차는 나중에 제가 마시기로 하고, 본론으로 들어가죠."

나무는 컵을 옆에 두고 진지한 표정으로 말했다. 처음부터 본론으로 들어갔다면 좋았겠지만, 그걸 말하면 또 이야기가 딴 길로 샐 테니 언급하지 말자.

"그럼 먼저 제가 어떤 존재인지 말씀드리겠습니다."

"응, 갑자기 나무가 움직여서 신기하긴 해."

호화로운 옷을 입은 여성이 숨을 불어넣자 움직이기 시작했지? 대체 뭐야?

"저는 폐하께서 만들어 낸 유사 생명체입니다."

"뭐? 그보다 리엘 씨도 폐하라고 했는데, 혹시……."

"아, 폐하는 자신을 밝히지 않으신 모양이네요. 당신께서 상상하신 대로 폐하는 【여제】십니다."

"……."

네, 저질러 버렸네요.

그렇게 신분 높은 사람이 목욕하는 중에 난입하다니 사형감이야!

"뭐, 그건 넘어가죠."

"저한테는 사활이 걸린 문제인데요!"

"세이이치 님이라면 어떻게든 될 겁니다. 수목의 괄목할 안목을 믿으세요."

"일일이 짜증 나네, 그 개그……!"

"너무 그러지 마시고요. ……이야기가 딴 길로 샜는데, 저는 폐하의 힘으로 생명을 얻은 존재입니다."

"그런 스킬이나 마법이 있어? 생명을 준다니, 어떻게 생각해도 신의 영역인데……."

"폐하의 힘은 스킬도 아니고 마법도 아닙니다."

"뭐?"

스킬도 마법도 아니라니…… 어제 데스트라도 그런 말을 했었지.

"폐하의 힘을 제가 명명할 순 없지만, 폐하는【생명이 없는 존재에게 가짜 생명을 주는】힘이 있습니다. 이 생명이라는 것이 인간처럼 되는 것이라서 이렇게 눈과 입이 생겨나 말하게 된 겁니다."

"하아…… 뭐, 생명이라고 해도 나무는 원래 살아 있긴 하니까. 식물인 나무가 폐하의 그 힘으로 움직이고 말할 수 있게 됐다는 거지?"

"그렇습니다."

그 여성의 능력을 말해 보긴 했는데 엄청난 능력이다.

"그 능력은 제한이 없어?"

"음…… 사용할 때마다 마력을 소비하듯 정신력을 소비하는 모양이라서 정신적으로 피로해지는 것 같지만, 그것도 회복되면 또 쓸 수 있으니 실질적으로 제한은 없습니다."

"그럼 너 같은 존재를 잔뜩 만들어 낼 수 있다는 거야?"

"그렇습니다. 이 힘으로 폐하는 지금도 적과 싸우고 계십니다."

"뭐?"

나무는 그렇게 말하고서 자세를 바로 하더니 나를 똑바로 바라보았다.

"세이이치 님. 부디 힘을 빌려주실 수 없을까요?"

"어어……."

"방금 말씀드렸듯이 폐하는 저를 만들어 낸 힘으로 병력을 보충하여 적과 싸우고 계십니다. 하지만 그 적이 강대하고 수가 많아서 밀리고 있습니다."

"그런 걸 네가 어떻게 아는 거야?"

"그건 제가 폐하로부터 만들어진 존재이기 때문입니다. 그렇기에 폐하의 사정은 능력을 통해 다소나마 알 수 있습니다."

"그럼 그 적이라는 건 대체 뭐야?"

그 【여제】님이 목욕하실 때 난입한 일을 문책받지 않고 넘어가기도 했고, 보은이라고 하면 좀 이상하지만, 곤경에 처했다면 돕고 싶다.

무엇보다 여기서 환심을 사 두지 않았다가 『역시 사형』이란 말을 들으면 곤란하니 말이지!

"죄송합니다. 적의 정보는 제게 주어지지 않았기에 대답해 드릴 수 없습니다."

"Oh……."

그게 가장 중요한 부분 아니야?

적의 정보가 없다니……. 아니지, 있든 없든 별로 상관없나……?

"그럼 다른 질문. 여긴 어디야?"

"어디냐고 하심은?"

"나는 다른 곳에 있었는데 살짝 실수해서 이곳에 와 버렸어. 그래서 여기가 어떤 곳인지, 근처에 어떤 나라가 있는지 전혀 몰라."

"그랬군요. 미아셨나요."

"아니, 뭐, 미아라고 볼 수도 있긴 한데……."

"안타깝지만 그 질문에도 전부 대답해 드리진 못합니다. 저는 폐하가 【여제】라는 것을 알지만 어디를 다스리시는지는 모릅니다."

“내가 알고 싶은 정보는 대부분 모른다니…… 쓸모없잖아.”

“나무에게 많은 것을 바라지 마세요.”

“저도 그러고 싶진 않았거든요?!”

뭐가 아쉬워서 나무와 대화를 하겠어? 지금 하고 있지만.

사실은 내 질문에 제대로 대답해 주는 사람과 대화하고 싶지만, 이곳에서 처음 만난 사람의 인상은 최악이고, 설상가상이다.

“진정하세요. 폐하가 다스리는 나라는 모르지만, 이 숲에 관해서는 다소 가르쳐 드릴 수 있습니다.”

“그래?”

“네. 이곳은 제가 태어난 고향이라고도 할 수 있으니까요.”

“그건 그렇겠네.”

이 신기한 곳에서 생명을 받았고, 그 부분은 규제 같은 게 없을 거다.

“폐하는 이곳을 【봉마(封魔)의 숲】이라고 부르시는 것 같습니다.”

“【봉마의 숲】…….”

“네. 이름도 그렇고, 세이이치 님께서 실제로 체험하셔서 아시겠지만, 이 숲에서는 마법을 전혀 쓸 수 없습니다. 이유는 단순한데, 이 주위에 마력이 전혀 없기 때문입니다.”

“마력이 전혀 없다고? 하지만 왜 그렇다고 마법을 못 써? 마법은 주변의 마력이 아니라 자신의 마력을 소비해서 발동하잖아."

"폐하가 다스리는 나라에서는 다들 아는 사실인데, 마법은 자신의 마력만으로 발동할 수 있는 게 아닙니다."

"그랬어?!"

테르베르의 도서관에서 확인했을 때 그런 내용은 안 적혀 있었는데…….

뭐, 마력이 어쩌니 저쩌니 해도 지금까지 그런 이론을 제대로 생각하면서 마법을 쓴 적이 없으니 새삼스럽다면 새삼스러운가.

"물론 마법을 발동시키기 위한 발단으로 자신의 마력을 소비하지만, 그 후 주위에 떠도는 마력이 마법에 관여합니다. 발동시키는 자의 마력을 『마법』이란 형태로 외부에 방출하려면 세계에 가득한 마력에 전파시켜야 하기 때문입니다. 예를 들자면 소리의 성질과 비슷합니다. 소리는 공기를 진동시켜서 발생하지만, 공기가 없으면 소리는 발생하지 않습니다. 그것과 같습니다."

"그, 그렇구나……."

"그래서 이곳에서는 마법을 쓸 수 없습니다. ……뭐, 세이이치 님에게 그런 법칙은 있으나 마나 한 것이겠지만요."

"그렇지는 않거든?!"

그렇게 세계의 법칙에 시비를 거는 짓은 안 할…… 거라고…… 생각하는데. 자신 없어졌다.

"아니, 하지만 나는 지금 이렇게 마법을 못 써서 곤란한 거니까, 나도 못 써."

"그건 아마 세계가 세이이치 님을 배려하여 일부러 못 쓰게 한 것 아닐까요?"

"세계가 날 배려하다니 그게 무슨 소리야?"

저번에 루루네도 비슷한 말을 했는데 이해할 수가 없다. 왜 세계가 나를 배려하는 거야. 세계잖아. 자신감을 가져 줘.

그리고 날 배려해서 마법을 못 쓰는 것도 이해가 안 간다. 그거야? 내가 전이 마법의 추천으로 명계에 갔을 때랑 똑같은 거야? 그렇다면 이 상황이 정말로 중요하다는 건데…….

"이야기를 되돌려서, 이런 특수한 땅이기에 다른 곳과는 생태계가 다릅니다."

"그렇구나. 그래서 네가 이상한 건가."

"저는 평범한데요?"

"평범한테 사과해."

어라? 나도 평범한테 사과해야 할까……?

"이 숲에 사는 마물은 마법을 못 쓰는 대신 다양한 스킬을 가지고 있고, 개중에는 폐하처럼 스킬이나 마법으로 구분되지 않는 특수한 기능을 익힌 마물도 있습니다. 그것들은 대체로 신체 능력이 높고 마법과 스킬에도 내성이 있어서, 이곳에서 C급으로 분류되는 마물이 다른 곳에서는 S급에 상당하기도 합니다."

“뭔가 수행하기 좋은 곳이네.”

“세이이치 님에게는 필요 없겠죠.”

“그렇진 않아. 여전히 싸우는 방식은 완전 초짜고, 힘도 제어하지 못해서 과제가 많으니까.”

“그렇군요. 그런데 이 정도면 됐을까요?”

“응? 뭐가?”

“발 묶어 두기.”

“…….”

나도 모르게 눈앞의 나무를 바라보았다.

“……야, 너…….”

“그런 얼굴로 보지 마세요. 세이이치 님도 아셨잖아요? 발을 묶으라고 폐하께서 제게 분부하시는 모습을 눈앞에서 보고 계셨으니까요.”

“그랬지만…… 그렇긴 했지만! 생각해 보니 이런 이상한 나무는 내버려 두고 그 사람들을 쫓아가서 대화했으면 됐잖아! 나무 주제에 건방진 짓을……!”

“나무를 나무라지 마세요.”

“시끄러워!”

아, 이 녀석 그거다. 양과 똑같은 냄새가 나……!

“뭐, 어쨌거나 저는 발을 묶기 위해 세이이치 님과 이야기한 게 아닙니다. 저도 그렇게 한가하진 않거든요.”

“한가하잖아! 나무는 원래 한자리에서 움직이지도 않잖아!”

"무슨 그런 섭섭한 말씀을. 저는 온종일 광합성하고, 자고…… 어라? 한가하네……?"

"이 나무, 이제 싫어."

양도 그렇고, 나는 이런 성격과 정말로 상성이 안 좋다. 일일이 태클 거는 내 잘못이기도 하지만.

"뭐, 어떻습니까. 저에게는 세이이치 님의 성격을 알게 된 뜻깊은 시간이었습니다. 전투로 세이이치 님의 발을 묶는 건 가장 의미 없는 일이고, 그렇기에 세이이치 님에게는 대화라는 수단이 가장 효과적일 것 같았습니다."

"……네 말대로 순진하게 발이 묶였어."

기가 막혀서 싫은 소리 할 기력도 없어진 나는 그렇게 말하고 문득 깨달았다.

"야…… 그럼 그 임무가 끝나면 너는 어떻게 되는 거야?"

"저요? 저는…… 임무를 수행한 뒤에는 다른 나무와 똑같은 평범한 나무로 돌아가겠죠. 임무 수행이야말로 폐하께서 제게 생명을 주신 의미니까요. 죄송합니다. 저는 그 명령을 충실히 지켜야만 했습니다."

"……그런가."

그렇게 말하는 나무를 보니 조금 쓸쓸해졌다.

물론 양과 비슷한 나무의 성격은 불편하지만, 이렇게 같이 대화했던 나무가 그저 내 발을 묶기 위해 만들어졌고 그 일이 끝나면 의식이 사라진다는 게 쓸쓸했다.

"그…… 너는 괜찮아? 모처럼 이렇게 대화할 수 있고 움직이게 됐는데……."

"괜찮습니다. 애초에 폐하가 안 계셨다면 저는 이렇게 의식을 가지는 일 없이 나무로서 일생을 끝냈을 겁니다. 하지만 저는 귀중한 체험을 했습니다. 나무로 살면서 결코 겪지 못했을 귀중한 체험을……."

"……."

나무가 그렇게 말한다면 그건 틀림없을 것이다.

하지만 의식을 가지지 않았다면 사라질 일도 없었을 거라고…… 나는 생각하고 말았다.

"—그렇기에 마지막은 제 의지로 움직이겠습니다."

"어?"

나무는 그렇게 말하고 땅에서 뿌리를 뽑아 움직이기 시작했다.

"지금부터 세이이치 님을 폐하의 나라로 안내하겠습니다."

"엥? 그, 그래도 돼? 그 나라를 알리기 싫어서 내 발을 묶어 두라고 명령한 거잖아?"

"그렇긴 하지만, 늦든 빠르든 세이이치 님은 결국 도달하실 겁니다. 그리고 저는 폐하를 돕고 싶습니다. 그러니 폐하의 명령이 아닌 제 의지로 안내하겠습니다."

"너……."

나무는 솜씨 좋게 뿌리를 움직이며 내 쪽으로 얼굴을 돌렸다.

"자, 따라와 주세요. 제가 책임지고서 세이이치 님을 폐하의 나라로 보내드리겠습니다."

—이리하여 나는 나무를 따라 숲속을 걸어갔다.

◆ ◆ ◆

"위치에서 벗어나지 마라! 고립되면 당한다!"

"위생병! 부상자를 데려가!"

"젠장…… 이 녀석들, 언제 포기하려는 거야……!"

【봉마의 숲】에서 나무가 세이이치의 발을 묶고 있을 때, 그 안쪽에 있는 나라는 어떤 적의 침공을 받고 있었다.

"흥. 『초월자』도 아닌 잔챙이가 우리에게 덤비다니 건방져……."

"상대는 약소국가다. 냉큼 밟아 버려!"

"뭣들 하는 거야? 잔챙이답게 우왕좌왕 도망치라고!"

공격하는 병사들은 카이젤 제국을 나타내는 깃발을 들고 국장이 새겨진 갑옷을 입고 있었다.

【봉마의 숲】 안쪽에 있는 나라를 공격 중인 적은 카이젤 제국의 병사들이었다.

카이젤 제국의 병사들은 특수한 방법으로 전원 『초월자』가 되어서, 침공받고 있는 나라의 병사와는 스테이터스가 비교도 되지 않았다.

원래 같았으면 잠시도 버티지 못하고 끝났을 싸움이 이렇게 유지되고 있는 데에는 이유가 있었다.

"―가라."

검은색과 빨간색이 섞인 호화로운 군복을 입은 여성이 그렇게 말하자 주위에 흩어져 있던 돌과 나무들이 생명을 얻은 것처럼 움직이기 시작했다.

그 수는 백을 넘었고 전부 인간만 한 크기였다.

"나의 병사를 지켜라!"

그렇게 호령하는 사람은 바르샤 제국의 【여제】― 아멜리아 프렘 바르샤.

그녀가 그렇게 외친 순간, 사람이 아닌 군대가 카이젤 제국의 병사를 일제히 덮쳤다.

"칫. 또 왔어."

"이 녀석들, 바르샤 제국의 병사들을 지킨단 말이지……."

"짜증 난다고!"

하지만 『초월자』가 된 카이젤 제국의 병사에게는 크게 위협이 되지 않아서 어떻게든 전선을 유지하는 게 고작이었다.

"크……."

"폐하!"

―그리고 그 대가는 능력을 계속 발동시키고 있는 아멜리아 자신이 치러야 했다.

무릎 꿇고 숨을 몰아쉬는 아멜리아에게 측근인 리엘이 달려왔다.

"폐하, 더는 무리하지 마십시오! 나머지는 저희가 처리하겠습니다!"

"그럴 순 없다……! 지금 여기서 짐이 힘을 쓰지 않으면 병사들이……!"

필사적으로 일어나려고 하는 아멜리아 옆에 갑자기 새까만 인물이 소리도 없이 나타났다.

"—리엘, 좋은 소식이야. 인근의 마물을 적군에게 보내는 데 성공했어. 이제 밀어낼 수 있을 거야."

"스인, 잘했어! 폐하, 일단 성으로 돌아가시죠!"

"으……."

스인이라고 불린 인물이 가져온 정보를 듣고 리엘은 얼굴을 찡그린 아멜리아를 부축하여 이동하기 시작했다.

그러자 마침내 한계에 달했는지 아멜리아가 정신을 잃었다.

그런 아멜리아를 데리고서 두 사람은 적을 경계하며 어떻게든 성에 다다랐다.

성에서는 많은 병사가 분주하게 뛰어다니며 부상병을 치유하고 있었다.

성에서 일하는 메이드의 도움을 받아 아멜리아를 침실에 눕히고 나서야 리엘과 스인은 겨우 한숨 돌렸다.

"후우…… 스인. 전황은 어때?"

"안 좋아. 역시 병력이 너무 달라. 무엇보다 카이젤 제국 녀석들이 전부 『초월자』라는 게 최악이야."

"대체 무슨 짓을 하면 『초월자』를 저렇게나 만들어 낼 수 있는 거지……."

"그래도 마물을 유도한 덕분에 카이젤 제국도 일단은 물러났으니까. 지금은 아무것도 생각하지 말고 쉬자."

"그것도 잠깐이겠지만."

스인이 말한 대로 【봉마의 숲】에 서식하는 마물에게 방해받은 카이젤 제국 병사들은 일단 태세를 정비하기 위해 물러났다.

원래 같았으면 『초월자』가 된 병사들이 자신보다 레벨이 낮은 마물 상대로 고전하지 않을 테지만, 근본적인 실력이 받쳐 주지 않은 채 스테이터스만 『초월자』가 된 폐해로 고생하고 있었다.

게다가 아무리 『초월자』가 됐어도 인간인지라 쉬지 않고 계속 싸울 수는 없기에 이렇게 휴식할 시간을 얻게 된 것이다.

"하지만 이대로 가면 위험해. 지금도 폐하의 힘으로 어떻게든 버티고 있는 상황이야. 그것도 이제 한계고. 지원군은?"

"안 올 거야. 다른 나라는 대부분 카이젤 제국에 투항했고, 아직 카이젤 제국이 지배하지 못한 윔블그 왕국은 여기서 너무 멀어. 동쪽 나라에 이르러서는 바다를 건너야 해. 뭐, 건너더라도 우리를 상대해 주진 않겠지만……."

"……어떻게 생각해도 절망적인 상황인가."

"그렇지. 윔블그 왕국이 가까웠더라도, 지금 【봉마의 숲】에 진 치고 있는 카이젤 제국 녀석들이 지원을 용납하진 않았을 거야."

"젠장! 저 녀석들은 왜 우리를……!"

리엘은 풀 길 없는 분노가 이끄는 대로 벽을 세게 쳤다.

스인은 그런 리엘에게 해 줄 말이 없어서 심각한 표정을 지을 뿐이었다.

그러다 스인은 문득 떠올린 것처럼 리엘에게 물었다.

"그러고 보니 숲에서 만났던 남자는 뭐였던 거야?"

"응? 글쎄. 나도 몰라. 하지만 폐하의 목욕 장면을 본 죄는 사라지지 않아. 그렇기에 죽이려고 했지만, 폐하께서 직접 말리셔서……."

"폐하께서 카이젤 제국 인간은 아니라고 하셨지?"

"그래. 그리고 【마신교단】이 보낸 자도 아닌 것 같아."

"……그러고 보니 그 녀석들도 상대해야 했지."

깜빡했다기보다는 직시하고 싶지 않은 현실이라서 스인은 목소리를 낮췄다.

"왜 하필 이 나라를 공격하는 걸까. 우리는 그저 조용히 지내고 싶을 뿐인데 말이야. 정말 불합리하지 않아? 성가시기 짝이 없는 『초월자』 대군과 정체불명의 능력을 사용하는 광신도. 그리고 우리 편인 것도 아닌 【봉마의 숲】의 마물들…….

이렇게나 불합리함이 닥치다니."

"그런 건 폐하께서 가장 뼈저리게 느끼고 계실 거야. 우리가 우는소리를 하면 안 되지."

"……그렇지."

스인은 쓸쓸하게 웃고서 하늘을 우러러보았다.

"하아…… 우리도 여기까지인가. 할 수만 있다면 평범한 여자처럼 연애 같은 것도 해 보고 싶었는데."

"네가? 훗…… 금방 남자한테 차여서 나한테 징징댈 미래밖에 안 보이는데."

"뭐라고?! 그러는 리엘 너도 연애한단 얘기 한 번 나온 적 없잖아!"

"나는 상관없어. 폐하의 호위니까. 그럴 시간 없어."

"그렇게 따지자면 나도 밀정 일 때문에 바빠!"

그런 말을 주고받은 두 사람은 서로의 얼굴을 보며 웃었고, 몇 년 전에 뛰쳐나간 한 소녀를 떠올렸다.

"그러고 보니 그 아이는 잘 지내고 있을까."

"그러게…… 마법을 쓰고 싶다고, 강해지고 싶다고 하면서 뛰쳐나갔으니 말이지."

"후후…… 그런 저돌적인 부분은 폐하와 비슷해."

"어이, 무엄해. ……뭐, 절반이긴 해도 같은 피가 흐르니까."

"그렇지. 하지만 어떤 의미에서 잘된 일인지도 몰라. 그 아이가 여기 있었다면 우리보다 먼저 적에게 달려들었을 테니까."

“……폐하도 말씀은 안 하시지만 그런 의미에서 안심하고 싸우고 계신 거겠지. 자신이 죽어도 핏줄은 남길 수 있으니까.”

“재수 없는 소리 하지 마.”

“너도 비슷한 말을 했잖아.”

“어라? 그랬던가?”

두 사람은 한 번 더 웃고 다시 진지한 표정을 지었다.

“—간단히 끝내진 않을 거야.”

“—물론이지.”

이렇게 바르샤 제국에 『불합리』가 조금씩 다가오고 있었다.

험난한 입국

"—세이이치 님."

"그래, 뭔가 있어."

나무를 따라 숲속을 나아가는데 별안간 생물의 기척이 느껴졌다.

애벌레 대군만 아니라면 나는 뭐든 상관없지만, 대체 뭐가 있는 걸까?

그렇게 생각하고 있으니 그 기척 쪽에서 사람 목소리가 들려왔다.

"—!"

"—떻게 —거야!"

"—방해—다고……!"

자세히 들어 보니 아무래도 마물과 싸우고 있는 것 같아서 나는 나무를 보았다.

"뭔가 습격받고 있는 것 같은데……."

"……이 기운은 폐하의 병사가 아닙니다. 아마 적국의 병사일 겁니다. 그러니 방치해도 되겠죠. 그리고 위험한 상황인 것 같지도 않습니다."

나무가 말한 대로, 희미하게 들리는 목소리는 대부분 뭐라 뭐라 외치고 있었지만 초조함이나 공포 같은 감정은 전해지지 않았다. 오히려 귀찮아하는 분위기였고 여유조차 느껴졌다.

"네가 좋다면 나도 움직이지 않을 거지만…… 적국의 병사라면 그건 그것대로 전력을 확인해 두는 편이 좋지 않을까?"

"……확실히 그것도 중요하지만, 저는 한시라도 빨리 세이이치 님을 폐하의 나라로 모시고 싶습니다."

"그 폐하의 명령으로 발이 묶였었지만 말이지."

폐하라는 사람도 설마 자신이 만들어 낸 존재가 본인의 의지로 나를 데려올 줄은 생각도 못 했을 것이다.

정체 모를 인간을 자국에 들이고 싶지는 않겠지.

"그리고 아마 저들이 마물과 싸우고 있는 것도 우연은 아닐 겁니다."

"어?"

"폐하의 신하가 수행한 작전이겠죠. 자세히 들어 보면 적국의 병사들은 점점 나라에서 멀어지고 있으니, 일단은 짧은 휴식 시간인 걸까요. 하지만 정말로 잠깐일 테니까 안심할 때는 아닙니다. 서두르죠."

그런 나무에 말에 딱히 불만도 없어서 나는 그저 뒤를 따라갔다.

그리고—.

"여깁니다."

"오오……!"

나는 마침내 목적지에 도착했다.

나무가 말한 대로, 정말로 숲 한복판에 도시가 있었다.

테르베르처럼 커다란 성벽에 둘러싸여 있었고, 그 성벽 위에서 병사들이 바쁘게 움직이고 있었다.

그리고 그 성벽 너머로 보이는 커다란 성이 인상적이었다.

뭐라고 해야 할까…… 테르베르의 성은 모 꿈의 나라의 성처럼 생겼는데, 이 도시의 성은 타지마할 같은 생김새였다.

그런 도시를 보고 감동하면서도 나는 어떤 분위기를 느꼈다.

"뭐랄까, 분위기가 살벌하네."

현재 적국과 전투 중이기도 해서 도시 전체가 예민해져 있는 것 같았다.

실제로 눈에 보이는 거리에서 병사들이 바쁘게 움직이고 있었고, 다친 것 같은 사람을 서둘러 옮기는 모습도 보였다.

"으음…… 이제 어쩌지? 역시 정면으로 가 봤자 안 들여보내 줄 것 같은데……."

"네? 무슨 말씀을 하시는 건가요? 정면으로 가죠."

"너 바보야?"

이렇게 예민해져 있는 상황에 정면으로 찾아온 정체 모를 남자를 받아 줄 것 같아?

하지만 진심으로 받아 줄 거라고 생각하는지, 나무는 웃었다.

"세이이치 님…… 제가 왜 여기 있겠습니까? 제가 있으면 확실하게 들어갈 수 있습니다."

"오, 오오. 그것도 그런가. 너는 【여제】님이 만들어 낸 존재니 말이지."

"네. 그리고 어차피 들어갈 방법은 정문밖에 없습니다. 그러니 어서 가죠."

나무가 재촉하는 대로 나는 정문으로 다가갔다.

그러자 정문이 점차 확실하게 보였는데 평범한 문이 아니었다.

"야…… 내 눈이 이상한 게 아니라면 문에 눈과 입이 달린 것처럼 보이는데……."

"정문도 저와 마찬가지로 폐하가 만들어 낸 존재라서 그렇습니다. 저 문은 부정 입국이나 범죄자의 침입을 막고, 본래 문이라서 잠잘 필요도 없으며, 사람이 문을 여닫지 않아도 되기에 완벽한 문지기로서 기능합니다."

"오오……."

그렇구나. 문에 인격을 부여하면 그런 대단한 일까지 할 수 있는 건가.

엄청난 기능에 감탄하며 도시로 다가가자 성벽 위에 있던 병사들이 나를 알아차렸다.

"어이, 저거—."

"설마—."

"실례합니다~! 저는—."

그렇게 말을 꺼낸 순간, 성벽에서 화살이 일제히 날아왔다. ……어?

"으어어어어어?!"

그 화살은 전부 나를 노리고 쏜 것이었고, 나는 던전의 함정에 걸렸을 때처럼 기분 나쁜 자세로 화살을 피했다.

"자, 잠깐만요, 나무 씨! 아까 했던 말과 다르잖아요! 네가 있으면 괜찮을 거라며!"

나는 엄청난 자세를 유지한 채 나무에게 항의했고, 성벽 위에 있는 병사들은 그런 내 모습을 보고서 더 경계심을 높였다.

"아직 살아 있어!"

"계속 화살을 쏴!"

"절대 도시에 접근시키지 마!"

"죽어라!"

"히이이이이이이익!"

전혀 받아들여 줄 것 같지 않아!

무심코 태클 걸고 싶어지는 것을 필사적으로 억누르며 화살을 피하고 있으니 신기하게도 화살이 나를 피하기 시작했다.

……어라? 이 현상, 저번에 자키아 씨와 싸웠을 때랑 비슷한데…….

화살이 안 맞게 되자 당연히 성벽 위에 있는 병사들도 그것을 깨닫고 눈썹을 찌푸렸다.

"공격이 안 맞아!"

"뭐 하는 거야! 확실하게 겨냥해!"

"확실하게 겨냥하고 있어!"

"뭐라고? 그럼 저 녀석의 힘인가. 어떤 수를 썼는지 모르겠지만 계속 유지하지는 못하겠지. 일단 계속 공격해!"

하지만 병사들은 내가 뭔가 힘을 써서 화살이 안 맞는다고 결론을 내린 것 같았다. 조만간 효과가 다할 거라고 예측하고 계속 공격했다.

그걸 보니 한 가지 불안이 내 머릿속을 스쳤다.

—나한테 이렇게 화살을 써도 되는 거야?! 이거 적국 병사한테 쓸 화살 아니야?!

"야, 나무! 네 힘으로 어떻게든 공격을 멈춰 줘!"

지금까지는 계속 피했지만, 나라의 화살을 낭비할 수는 없기에 최대한 부러지지 않도록 조심조심 회수하며 나무에게 그렇게 말하자…….

"……세이이치 님. 말 걸지 말아 주세요. 제가 세이이치 님과 대화하면 저까지 공격받지 않습니까. 저는 나무. 평범한 나무입니다. 아시겠어요?"

"너 이 자식, 날려 버린다아아아아아아아아아!"

그러게 내가 뭐랬어! 경계하고 절대 안 들여보내 줄 거라고 했잖아!

필사적으로 화살을 회수하고 있으니 나무가 한숨을 쉬었다.

"어쩔 수 없네요. 제가 얘기해 보겠습니다."

"처음부터 그러라고……!"

내가 대량으로 화살을 회수하는 가운데, 나무는 정문으로 다가가 말했다.

"문을 열어 주세요. 저는 수상한 나무가 아닙니다!"

"수, 수상한 나무가 아니라고……?"

"아니, 잠깐. 폐하께서 이번 싸움에 조종하시는 나무에는 표식이 새겨져 있을 터! 이 녀석에게는 그 표식이 없어!"

"……어라? 돌아가는 모양새가—."

"—그 녀석도 죽여!"

"너도 안 되잖아아아아아아아!"

애초에 안 수상한 나무는 뭔데?! 눈과 입이 있고 움직이는 것부터가 수상해!

나무도 나와 함께 공격받게 되면서 공격의 물결이 한층 강해졌고, 본격적으로 나라의 화살 재고가 걱정되기 시작했다. 그러고 있으니 나무와 비슷한 존재인 정문이 입을 열었다.

"……음. 으으음?! 여러분, 공격을 멈춰 주십시오! 저 나무에게서 저와 같은 힘의 기운이 느껴집니다!"

"뭐라고?!"

"그렇다면…… 폐하가 숲에서 능력을 쓰신 건가?"

정문의 한마디에 성벽 위에 있던 병사들은 일단 공격을 멈췄고, 덕분에 나는 마침내 한숨 돌릴 수 있었다.

"……야, 전혀 평범하게 못 들어갔잖아."

"이상하네요……. 저는 숲속에서 인기가 많았는데 말이죠. 저를 모르다니 정말이지 무지한 집단입니다."

"너 진짜 왜 그렇게 빼기는 건데?!"

나무한테 인기 있고 없고가 어디 있어? 우리가 그걸 알 리가 없잖아.

양손으로 다 안을 수 없을 만큼 많은 화살을 어떻게든 잘 쌓아 올리고 있으니 병사 몇 명이 경계하며 정문 밖으로 나왔다.

그리고 내가 쌓은 화살 타워를 보고 눈이 휘둥그레졌다.

"너, 그 화살은……."

"아, 이거 돌려드릴게요. 원래는 지금 싸우고 있는 상대에게 쓸 화살이었을 테니까 최대한 부러지지 않게 조심했는데……."

『…….』

내 말을 듣고 병사들은 말문이 막힌 것 같았다. 어라? 쓸데없는 배려였나?

그러다 중앙에 있는 병사 아저씨가 제일 먼저 정신을 차리고 내 옆에 서 있는 나무를 보았다.

"그 나무는……."

"아…… 뭐라고 하면 좋을까요……. 살짝 착오가 있어서 이 나라의 【여제】님?을 숲속에서 만났는데요, 저를 수상하게 여기시고 이 나무를 사용해서 제 발을 묶었어요."

"네. 참으로 훌륭한 선택이었습니다. 제가 아니었다면 세이이치 님의 발을 묶는 건 불가능했겠죠."

"실제로 발을 묶였기에 뭐라고 반박할 수가 없네……."

나와 나무의 발언에 더더욱 놀란 것 같은 병사들은 서로 얼굴을 마주 보더니 일단 정문 부근까지 우리를 안내……? 했다기보다 연행했다.

역시 문 안으로 들여보내 주지는 않아서, 나를 정문으로 데려온 병사 중 한 명이 대기하던 병사에게 말을 전하고 그 말을 들은 병사가 어딘가로 달려가는 모습을 바라볼 수밖에 없었다.

아무래도 달려간 병사는 이 나라의 높으신 분에게 나에 관해 전하러 간 것 같았다.

그 높으신 분한테서 연락이 올 때까지 나와 나무는 병사들에게 많은 질문을 받았다.

어디서 왔냐, 어느 나라 소속이냐, 목적이 뭐냐 등등 내 정보를 캐내려고 하는 병사들 때문에 정신적으로 조금 피곤해졌지만, 나는 거짓말하지 않고 하나씩 대답해 나갔다.

그러나 애초에 이 나라에 온 경위가 【마신교단】의 데스트라가 가지고 있었던 수정 때문이었기에 그 말을 전하니 병사들의 얼굴을 더욱 험악해졌고, 또 새로운 병사 한 명이 어딘가로 달려갔다.

그렇게 질의응답이 끝나자 나와 나무는 높으신 분이 오실 때까지 감시받으며 정문 밖에서 기다리게 되었다.

“야, 네가 있으면 쉽게 들어갈 수 있을 거라고 했잖아.”

“네, 그랬죠.”

“그럼 이 상황을 어떻게 생각해?”

“무슨 말씀이신지? 저 혼자였다면 문제없었을 겁니다. 세이이치 님이 수상한 게 문제입니다.”

“부정하기 어렵잖아……. 하지만 너 혼자였어도 안 들여보내 줬을걸?”

“아니거든요. 그렇죠? 병사 아저씨.”

“수상한 나무를 들여보낼 리 없잖아.”

“뭐라고요?!”

역시 처음부터 우리가 평범하게 들어가는 길은 없었던 모양이다.

뭐, 결과적으로 이렇게 들어갈 수 있을지도 모르는 상황이 됐으니 다행이지만.

병사 아저씨와 함께 가볍게 대화하고 있으니 별안간 정문 쪽에서 적의 어린 말이 날아왔다.

“—너!”

“어?”

목소리가 들린 곳을 보니 갑옷 입은 여성…… 리엘 씨가 나를 노려보며 서 있었다.

하지만 리엘 씨만 이곳에 온 게 아닌 것 같았다. 나를 경계하는지 모습과 기척을 지우고서 내 등 뒤로 누군가가 한 명 더 온 것이 느껴졌다. 아마 숲에서 리엘 씨와 합류했던 새까만 사람이겠지.

"대체 뭐 하러 왔지? 일부러 죽으러 왔나?"

"아니아니아니, 왜 굳이 죽으러 오겠어요……. 저는 여기 있는 나무가 폐하?를 도와달라고 해서 온 거예요. 그렇지?"

동의를 얻기 위해 옆에 있는 나무에게 말했지만 나무는 어째선지 눈을 감고서 아무 말도 안 했다.

"……야?"

"세이이치 님. 말 걸지 말아 주세요. 곰곰이 생각해 보니까 저는 명령을 무시한 것과 같지 않습니까. 혼날 거예요. 그러니 저는 평범한 나무입니다."

"아니, 이미 늦은 것 같은데……."

애초에 정문 근처에 심어진 나무는 없는데 내 바로 옆에만 딱 한 그루 자라나 있는 건 이상하잖아.

"그 나무한테서는 확실히 폐하의 힘이 느껴져. 아마도 그때 폐하에게 발을 묶으라고 명령받은 존재겠지만…… 왜 이런 수상한 남자를 이곳에 데려왔지?"

"아, 들켰나요?"

"정말 안 들킬 줄 알았어?"

이 녀석, 머리가 좋은 거야, 나쁜 거야? 아니, 그저 내가 이 녀석보다 더 멍청한 거겠지만. 이 녀석의 책략대로 발을 묶였었고.

더는 감출 수 없다고 생각했는지 평범한 나무 행세를 그만둔 나무가 리엘 씨를 똑바로 바라보았다.

"폐하께서 저를 만드셨고, 저는 폐하를 제일로 생각합니다. 지금 폐하를 위기에서 구할 수 있는 사람은 여기 있는 세이이치 님뿐이라고 생각했기에 이곳으로 모셔 온 겁니다."

"뭐? 이런 수상한 남자가 폐하를 구한다고? 말도 안 되는 소리. 누구도 현 상황을 바꿀 수 없어. 더는 아무런 방도도 없단 말이다!"

그렇게 말한 리엘 씨는 비통한 표정을 지었다.

하지만 곧장 표정을 험악하게 바꾸고 다시 나를 노려보았다.

"그래서 네놈은 대체 뭐지? 모험가란 말은 들었지만……."

"그게……."

나는 이 【봉마의 숲】이란 곳에 오게 된 경위를 설명했다.

그러자 모든 이야기를 들은 리엘 씨는 재차 확인하듯 물었다.

"요컨대 네놈은 【마신교단】의 『신도』란 녀석 때문에 여기 있단 건가?"

"뭐, 그렇게 되죠."

"그럼 【마신교단】의 일원은 아니라고?"

"아니에요. 그런 영문 모를 집단과 똑같이 취급하지 말아 주세요."

그건 진짜 싫다. 그 마신이란 녀석에 관해서도 모르고, 오히려 교단 때문에 피해만 보고 있으니까.

"그런가…… 그럼 카이젤 제국 사람인가?"

"네? 카이젤 제국? 왜 카이젤 제국이 나오는지 모르겠지만…… 아닌데요?"

"……."

내 말을 들은 리엘 씨는 내 뒤로 일순 시선을 보내더니 조금 경계를 풀었다. 뭐지? 뒤에 있는 사람과 눈빛이라도 주고받은 걸까.

"……아무래도 정말 무관계한 것 같군."

"네?"

"—좋아, 따라와라."

리엘 씨는 그렇게 말하며 정문 쪽으로 몸을 돌리고 시선만 내게 보냈다.

"왜 그 나무가 네놈을 불러들였는지는 모르겠지만…… 네가 아무런 도움도 안 된다는 걸 가르쳐 주지."

그렇게 말하고 나와 나무를 정문으로 들여보냈다.

세이이치가 할 수 있는 일

"다들 비켜! 부상자야!"

"비축한 회복약은?!"

"거의 다 썼어!"

"【회복의 방】에도 이 이상은 못 들어가!"

어떻게든 무사히 정문 안으로 들어가게 된 나는 눈앞에 펼쳐진 광경을 보고 멍해졌다.

만신창이가 되어 피를 흘리면서도 필사적으로 움직이고 있는 병사들이 잔뜩 있었기 때문이다.

그런 병사들을 돕기 위해 일반인과 어린아이까지 바쁘게 돌아다니고 있었다.

다들 지금 자신이 할 수 있는 일을 하며 살고자 발버둥 치고 있었다.

멍하니 서 있는 나를 보고 코웃음 친 리엘 씨가 도시 이곳저곳으로 나를 이끌었다.

마치 나는 아무것도 못 한다는 걸 보여 주는 것 같았다.

"—어때? 이제 알았나? 너는 아무런 도움도 안 된다는 걸."

"……."

얼추 돌아본 후, 광장 같은 곳에서 멈춰 선 리엘 씨는 나를 무시하는 어조로 그렇게 말했다.

그 말을 듣고 나는 대답했다.

"다행이에요. 저도 도와드릴 수 있을 것 같네요."

"뭐?"

어째선지 리엘 씨는 눈을 크게 뜨고 멍하니 입을 벌렸다.

하지만 금세 표정을 다잡고 무시무시한 형상으로 나를 노려보았다.

"네놈의 눈은 장식인가? 이 상황을 보고서도 네가 도움이 된다고? 만신창이인 저 병사들을 봐. 이제 비축한 회복약도 없고, 【회복의 방】도 이미 부상자로 넘쳐 나. 하지만 적군은 그런 우리를 기다리지 않고 공격해 와. 상처를 치유할 여유 따위—."

"이 정도 있으면 회복약은 충분할까요?"

"……."

나는 아이템 박스에서 최상급 회복약을 전부 꺼냈다.

이 회복약은 【끝없는 비애의 숲】에서 입수한 『특약초』를 내가 창조한 마법인 『인스턴트 폼』으로 재배하여 만든 것으로, 『특약초』는 『진화의 열매』와 병행하여 키우고 있었다. 왜 키웠냐고? 모처럼 창조한 마법이고, 『진화의 열매』만 키우는 건 아까웠으니까. 참고로 『진화의 열매』는 순조롭게 자라서 상당한 수를 수확했지만, 어디에 써야 할지 알 수 없어서 고민 중이었다.
아무튼, 소심한 나는 무슨 일이 벌어져도 괜찮도록 회복약을 잔뜩 준비해 뒀었다. 그 준비가 도움이 될 것 같아서 기쁘다.
눈앞에 늘어놓은 회복약을 말없이 응시하던 리엘 씨는 천천히 고개를 흔들었다.
"이, 이상하군. 내 눈이야말로 장식이 된 건가? 눈앞에 회복약이…… 그것도 최상급 회복약이라는 전설급 아이템이 잔뜩 있는데……."
"어라? 부족한가요? 재료도 있으니 더 만들까요? 하나당 대충 3초면 완성되는데……."
"3초?!"
턱이 빠질 듯 입을 쩍 벌린 리엘 씨 앞에서 나는 특약초와 도구를 꺼내고 스킬을 발동시켜 순식간에 회복약을 만들었다. 아, 3초도 필요 없었다.
"네, 이런 식으로요. 아, 따로 담을 데가 없어서 그런데 받아 주시겠어요?"
"넌 정체가 뭐야?!"
리엘 씨가 갑자기 내 어깨를 잡더니 엄청난 기세로 흔들기 시작했다. 시야가 흔들린다다다다다다다다!
"이렇게 많은 최상급 회복약도 놀라운데 그걸 순식간에 만들어 내다니?! 네놈은 신인가, 신인 건가?! 어엉?!"

"아아아아니니니닌데데데데요요요요오오오오오오오!"

"뭐라고 하는지 모르겠어!"

"불합리해애애애애애애애애애애애!"

어깨를 붙잡고 흔드는 통에 제대로 말할 수 없는 건데!

나무는 그런 내 모습을 재미있다는 듯 보며 웃고 있었다.

"어어어어이이이이, 나무우우우우우우우! 이 사람 좀 말려어어어어어어어!"

"네? 무리입니다. 저는 평범한 나무니까요. 그리고 이대로 있으면 세이이치 님이 어떻게 될지 나무나무 궁금합니다."

"너어어어어어어어어어!"

너무 격렬하게 흔들려서 뇌가 셰이크되고 속이 울렁거리기 시작했다.

울렁거려서 토할 것 같은 기분을 느끼고 있으니 지금까지 내 뒤에 숨어서 따라오던 사람이 황급히 뛰쳐나왔다.

"리엘, 스톱, 스톱! 계속 그러다간 그 사람 토할 거야!"

"뭐?! 더럽게!"

"진짜 불합리해!"

뛰쳐나온 사람 덕분에 해방된 나는 흔들리는 시야를 어떻게든 하기 위해 한동안 땅에 손을 짚고 속을 진정시켰다. 아, 큰일 날 뻔했다. 하마터면 나무처럼 입으로 뱉을 뻔했어…….

겨우 시야가 안정되어 고개를 들자 리엘 씨 옆에 새까만 여성이 서 있었다.

아무래도 【봉마의 숲】에서 본 새까만 사람과 동일 인물인 것 같았다. 여성이었구나. 그때는 성별을 알 수 없었는데…… 성별을 알기 어렵게 하는 기술 같은 게 있나?

그렇게 생각하며 새까만 여성을 관찰하자 그 사람은 쓴웃음을 지으며 내게 다가와 손을 내밀었다.

내가 영문도 모른 채 그 손을 잡고 일어나니 여성이 머리를 숙였다.

"미안해. 리엘도 나쁜 의도로 그런 건 아니야."

"흥. 이런 수상한 남자를 일일이 신경 쓸 필요 없어."

"하지만 이 회복약은 이 사람 거잖아? 그럼 함부로 대하면 안 되지."

그렇게 리엘 씨에게 말한 후 다시 내 쪽으로 고개를 돌린 여성이 입을 열었다.

"우선 자기소개부터 할까? 나는 스인. 일단은 정찰이라든가 첩보 활동을 하고 있어."

"아, 안녕하세요. 모험가 히이라기 세이이치입니다."

"응응, 잘 부탁해, 세이이치 군! ……자, 리엘도 통성명해!"

"……리엘이다. 아까는 이성을 잃고 추태를 부렸어. 미안하다."

새까만 여성— 스인 씨에 이어 리엘 씨도 멋쩍게 입을 열었다.

"그럼 서로 통성명도 했는데, 세이이치 군. 이 회복약은 받아도 될까?"

"네, 물론이죠. 드리려고 꺼낸 거니까요. 리엘 씨에게도 말했지만, 부족할 것 같으면 더 만들 수 있어요."

"고마워! 큰 도움이 돼! 다만 하나 묻고 싶은데, 세이이치 군은 회복 마법을 쓸 수 있어?"

"네, 쓸 수 있어요."

"그렇구나, 그렇구나! 그럼 회복약은 더 만들지 않아도 되니까 잠깐 같이 가 줬으면 해."

"어이, 스인! 설마 이 녀석을 데려가려는 거야?!"

"어쩔 수 없잖아? 그리고 최상급 회복약을 가지고 있을 정도니까 회복 마법도 굉장할지도 몰라."

"굳이 거기까지 데려갈 필요 없이 회복약으로 회복하면 돼."

"그럼 시간이 너무 오래 걸려. 한 명씩 먹일 여유는 없으니까. 그에 비해 그곳이라면 회복 마법의 종류에 따라서는 순식간에 끝나."

"윽……."

"저기…… 결국 저는 어쩌면 좋을까요?"

나를 빼놓고 이야기가 진행되어 그렇게 물어보니 스인 씨가 허둥거렸다.

"아, 미안, 미안! 세이이치 군에게도 설명해 줄게. 세이이치 군은 【회복의 방】이라는 곳에서 회복 마법을 써 줬으면 해."

"네? 하지만 이 나라에서는 마법을 못 쓰잖아요?"

"응. 【봉마의 숲】의 나무가 주위의 마력을 모조리 흡수하니까."

나는 스인 씨의 말을 듣고 나무를 보았다.

"……네 탓이었어?"

"에이, 뭐 어떻습니까. 나무한테 화내 봤자 의미 없어요."

"맞는 말이라서 더 짜증 나!"

확실히 숲이나 나무한테 화 내봤자 소용없다. 그런 생태인 거니까.

"계속 얘기해도 될까?"

"아, 죄송합니다……."

"괜찮아, 괜찮아! 그래서 세이이치 군의 질문에 대한 답인데, 이 나라에서 유일하게 마법을 쓸 수 있는 곳이 있어. 그게 【회복의 방】이야."

"그럼 거기서는 평범하게 마법을 쓸 수 있는 건가요?"

"이게 또 특수한 장소라서, 무슨 원리인지 쓸 수 있는 마법은 단 한 종류, 회복 마법뿐이야. 그래서 이 나라의 마법사는 다들 회복술사야."

"그렇군요……."

굉장히 제한적인 곳이네. 하지만 공격 마법이 아니라 회복 마법만 쓸 수 있다는 점은 좋은 것 같다. 다쳤을 때 도움받을 수 있을 테고.

뭐, 그건 아무래도 좋지만…….

"저기…… 괜찮나요? 제 입으로 말하긴 뭐하지만, 저 상당히 수상하잖아요."

내 말을 들은 나무가 눈을 크게 뜨더니 「자각은 있으셨나요?」 하고 말하듯 나를 보았다. 아니, 너만큼 수상하진 않거든?

"이런 수상한 인간을 이 나라의 중요한 장소인 것 같은 곳에 데려가도 괜찮나요?"

나라에서 유일하게 회복 마법을 쓸 수 있는 장소여도 원리는 모르는 것 같고, 만약 내가 적이라면 그곳을 엉망으로 만들 가능성도 있었다.

그런 내 의문은 타당했는지 리엘 씨는 복잡한 표정을 지었고, 반면 스인 씨는 명랑하게 웃었다.

"그건 걱정 안 해. 실은 정문에서 너와 리엘이 대화할 때부터 뒤에서 지켜봤었어."

그건 알고 있었다. 말하면 일이 복잡해질 것 같으니까 아무 말도 안 할 거지만.

"그리고 나는 상대가 거짓말하는지 알 수 있는 『진위안(眞僞眼)』이라는 스킬을 가지고 있어. 너와 리엘이 대화할 때부터 발동시키고 있었는데, 네가 거짓말하고 있다는 결과는 안 나왔어. 실제로 너는 우리와 적이 되고 싶은 건 아니지?"

"물론이죠!"

그렇게 대답한 순간, 스인 씨의 눈이 일순 파랗게 빛났다. 아마 『진위안』이라는 것이 발동했을 것이다.

"응, 방금 그 말도 거짓말이 아니야. 이렇게 알아본 바에 의하면 너는 적어도 우리의 적이 아니야. 그러니까 일손이 압도적으로 부족한 지금, 네게 꼭 도움을 받고 싶은 거야. 도와줄래?"

"제가 도와드릴 수 있다면야……."

"응, 그 말도 거짓말이 아니네. 그럼 부탁할게."

스인 씨는 그렇게 말하며 웃고서 우리를 【회복의 방】이란 곳으로 안내하기 시작했다.

내가 만든 회복약은 별로 다치지 않은 병사가 받으러 와서 그대로 신중하게 가져갔다.

그걸 확인하고 움직이기 시작하자 새삼 주변 상황이 눈에 들어왔다.

이런저런 사람들이 돌아다니고 있어서 이 나라가 얼마나 아슬아슬하게 싸우고 있는지 실감이 났다.

"그러고 보니 아까 여제?님과 만났을 때는 안 가르쳐 줬는데, 여긴 어디인가요?"

"여기? 여기는—."

"스인, 폐하께서 답하지 않으셨어. 우리가 답할 순 없어."

"……그렇다고 하니 가르쳐 줄 수 없을 것 같아. 미안."

"하아……."

그렇게 철저히 감출 필요는 없을 것 같은데 말이지.

"그럼 다른 질문인데, 이곳이 나라의 수도인가요?"

"맞아."

"으음…… 수도가 이런 상황인데 다른 도시는 괜찮은 건가요?"

"아, 그건 괜찮아. 이 수도를 지나지 않고 다른 도시에 갈 수단은 하나밖에 없거든. 육로가 아니라 해로를 이용하는 거야."

"네? 그, 그럼 【봉마의 숲】을 나가면 바다인가요?"

"그런 거지. 그리고 그 바다는 해류가 빠르고 암초가 많아서 도저히 배가 다닐 곳이 못 돼. 그래서 우리는 무역에도 고생한다고 할까…… 거의 쇄국 상태로 자급자족해."

아무래도 이 나라는 생각보다 더 특수한 곳인 것 같다.

그래도 일단 이 도시만 신경 쓰면 된다는 점은 유일한 구원일 것이다. 뭐, 그래서 결과적으로 지원군을 바랄 수 없는 상황이 된 거겠지만.

그런 대화를 이어가며 걸어가다가 나는 어떤 점을 깨달았다.

"저기…… 스인 씨? 혹시 【회복의 방】이 있는 곳은……."

"오, 눈치챘어? 네가 예상한 대로 회복의 방은 이 나라의 상징인 【카냐성】에 있어."

"……그래서 나는 이 녀석을 회복의 방에 데려가기 싫었던 거야."

리엘 씨는 언짢은 모습으로 그렇게 말했지만, 그야 여제님이 사는 곳에 저 같은 수상한 놈을 데려가기는 싫었겠죠.

테르베르 때는 내가 연행당하는 형태였지만.

그대로 【카냐성】이라는 곳에 도착했고, 스인 씨가 문지기에게 말하자 간단히 안에 들어갈 수 있었다.

성의 구조 자체는 테르베르에 있는 성과 크게 다르지 않은 것 같지만 역시 양식 등이 이국적인 느낌이었다.

"그럼 세이이치 님. 저는 일단 저쪽 정원에서 대기하겠습니다."

"어? 넌 같이 안 가?"

성에 들어가자마자 나무가 그렇게 말해서 깜짝 놀랐다.

"세이이치 님이 제게 뭘 바라시는지 모르겠지만, 저는 원래 평범한 나무입니다. 광합성하고 자는 게 일입니다."

"아, 이런. 네가 평범한 나무로 안 보여서 까맣게 잊고 있었어……."

그랬지, 참. 너 원래 나무였지. 나무는 원래 움직이지 않고 말하지 않잖아. 나, 역시 너무 비정상에 물든 것 같은데.

그리고 나무는 이 나라에 안내해 주겠다고 했을 뿐이기에 원래 여기까지 따라올 이유도 없었다.

"……어라? 그럼 너는 언제 평범한 나무로 돌아가는 거야?"

"글쎄요? 돌아가고 싶은 기분이 들면?"

"기분?!"

그렇게 대충 생각해도 되는 거야? ……뭐, 내 정신적 피로 말고는 해가 되지도 않으니까 상관없겠지만.

내가 놀라든 말든 마이페이스로 정원에 간 나무는 가지를 활짝 펼치고 기분 좋게 광합성을 시작했다. 이 녀석, 자신을 만들어 준 여제님이 위기에 처해 있다는데 정말로 마이페이스네. 인간의 감성과는 다를 테니까 싸잡아서 뭐라고 할 수도 없지만.

스인 씨는 쓴웃음을 지었지만, 실제로 회복 마법을 쓸 수 있는 나만 있으면 되기에 나무는 정원에 방치해두고 다시 회복의 방으로 이동을 시작했다.

테르베르의 성과는 다른 양식으로 지어진 【카냐성】은 기둥의 형태도 그렇고 천장에 그려진 그림도 그렇고 구경하기 좋았다.

지구에서도 다른 나라에 간 적이 없었던 내게는 테르베르도 신선했지만, 이 나라의 성도 신선해서 촌뜨기처럼 여기저기 둘러보고 말았다.

"너…… 왜 그렇게 성을 둘러보는 거지? 뭔가 꾸미고 있는 건가?"

"아뇨, 아뇨, 아뇨! 그런 거 아니에요!"

"하하하, 리엘. 그건 역시 너무 예민하게 구는 거야. 그리고 방금 세이이치 군의 대답도 거짓말이 아니니까, 본격적으로 적이 아니라고 생각해도 될 거야. ……자, 그보다 도착했어."

리엘 씨에게 억울한 의심을 받아서 항변하는 사이에 중후

한 금속 문 앞에 도착했다.

그 문 앞에는 문지기로 보이는 사람이 서 있었는데, 이 성에 들어올 때와 마찬가지로 스인 씨가 뭐라고 말하자 간단히 들여보내 줬다.

그렇게 들어간 방 안에는—.

"으…… 아……."

"아파…… 아파……."

"눈이…… 아무것도 안 보여……."

"아아아아아아아……."

밖에 있는 부상병과는 비교도 안 될 만큼 크게 다친 사람들이 가득했다.

그런 부상자들에게 검은 군복 위에 백의를 걸친 사람들이 필사적으로 회복 마법을 걸고 있었다.

하지만 애초에 인원이 모자랐고, 게다가 상처가 완전히 낫지도 않았다.

그 광경을 침통한 얼굴로 바라본 스인 씨가 설명해 줬다.

"……여기 있는 건 회복약으로는 고칠 수 없는 상처를 입은 병사들이야. 하지만 회복 마법에도 한계가 있어. 손발을 잃으면 다시는 원래대로 돌아오지 않아. 이들은 모두 이 나라를 지키기 위해 다친 영웅이야. 세이이치 군. 네 회복 마법 실력이 어느 정도인지는 몰라. 그래도 조금이라도 회복 마법을 쓸 수 있다면 여기 있는 영웅들을 약간이나마—."

“『성모의 치유』.”

나는 광속성 최상급 마법 『성모의 치유』를 발동시켰다.

스인 씨가 말한 대로 정말 이 공간에서는 회복 마법을 쓸 수 있는 모양인지, 곧장 내 마법이 방을 가득 채웠다. 아니, 『성모의 치유』는 방을 넘어서 성 전체와 온 도시로 퍼졌다.

거리에는 마력이 없으니 보통은 마법이 미치지 않겠지만, 내 마법이 보통일 리가 있나. 일단 발동하자 내 의지대로 발동되었다. 즉, 적에게는 전혀 영향을 주지 않고 이 나라의 병사와 국민만 회복되도록.

회복의 방에 있던 부상자 수가 예상보다 많았고, 회복 마법사의 수도 한참 모자라 보였기에 나는 진심으로 마법을 사용했다. 이러면 전원 회복되고, 겸사겸사 도시 사람들도 회복시켜 버리자 싶었으니까. 모처럼 건넨 회복약이 쓸모없어졌지만, 뭐, 무슨 일이 생겼을 때를 대비해 국고에 비축하면 되겠지.

그렇게 생각하고 있으니 내 마법에 넋이 나갔던 회복 마법사와 부상자들이 멍하니 각자의 몸을 확인했다.

“어, 어이. 너, 상처가…….”

“움직여…… 내 손이 움직여……!”

“아아……! 보여, 잘 보여……! 다시는 앞을 못 볼 줄 알았는데……!”

“절대 낫지 않을 거라던 내 묵은 상처까지 나았어……!”

"기적이야, 기적이 일어났어……!"

"으…… 으아…… 아아아…… 아아아아아아!"

자신의 몸에 일어난 일에 얼떨떨해하던 사람들이 점차 현실을 받아들이고서 눈물지으며 웃고 함께 기뻐했다. 응응, 어두운 분위기는 내가 싫다. 역시 기뻐하는 표정이 제일 좋다.

스인 씨가 부탁한 일을 완료한 나는 스인 씨를 보았다.

"스인 씨. 이러면 될까요?"

""……""

"아, 참고로 밖에 있는 병사들의 상처도 여기서 마법으로 어떻게든 고쳤으니 확인해 주세요. 그 탓에 아까 드린 회복약이 쓸모없어졌지만, 그건 비상용으로 비축하거나 창고에 넣어 주세요. 일단 사용 기한은 없도록 만들었으니 언제까지고 보존할 수 있어요."

이야~ 오랜만에 좋은 일을 했어.

최근에는 싸우기만 해서 살벌했고, 아무래도 세계까지 나를 배려했던 것 같고, 비상식과 불합리의 결정체라는 것 같지만, 이렇게까지 했으니 그런 말은 안 듣겠지. 다른 사람을 도운 거니까 그런 말을 들을 요소가 없다. 완벽해……!

그렇게 혼자서 납득하던 나는 여전히 말이 없는 스인 씨와 리엘 씨를 보고 역시 뭔가 이상하다는 생각이 들어서 가까이 다가가 살펴보았고—.

""뭐어어어어어어어어어어어어?!""

"으악, 깜짝 놀랐네!"

두 사람은 갑자기 절규했다.

그리고 아까 회복약을 건넸을 때처럼 리엘 씨가 또 내 어깨를 잡고 아까보다 더 격하게 흔들기 시작했다.

"진짜 너는 뭐야?! 신인가? 신이구나?! 그래, 틀림없어. 그렇다고 해!"

"만약 그렇다면 무엄하다고요요요요요요요!"

아니, 실제로는 신이 아니니까 괜찮지만. 만약 신이라면 그 발언은 정말로 무엄— 아, 확 토해 버릴라.

내 배와 입에서 불온한 기운을 감지했는지 리엘 씨가 오물이라도 만진 것처럼 나를 밀쳤다.

아, 일찍 해방됐다—고 생각했지만…….

"세세세세세이이치 군?! 방금 그건 뭐야?! 그리고 왜 손발을 잃은 사람들의 몸이 원래대로 돌아온 거야?!"

"스스스스스스인 씨씨씨씨이이이이이! 지지지지지지, 진정, 진정하세요오오오오오오오오!"

잠깐만요, 『진화』 씨?! 이 상황이야말로 적응해야 할 상황이잖아요! 안 그러면 토하고 죽는다고요! 사회적으로 죽는다고요!

『스킬 【진화】가 발동했습니다. 이에 따라 몸이 적응하십니다.』

"적응하는 거냐……."

농담으로 한 말이었는데, 아무래도 세계와 머릿속 안내

방송 씨가 배려해 줬는지, 조금 전까지 나를 사회적 죽음으로 몰아가던 울렁거림이 완벽히 깨끗하게 깔끔히 사라졌다.

그래도 내 어깨를 잡고 흔드는 건 멈추지 않아서 나는 헤드뱅잉을 하며 스인 씨의 질문에 답했다.

"이, 일단, 귀찮아서 한꺼번에 상처를 전부 고쳤습니다."

"이해가 안 되는데?!"

이해할 것도 없이 말 그대로인데요.

밖에까지 마법의 영향이 미친 것도 아마 내 마법이라서 잘 작용한 걸 거고, 여전히 나도 잘 모르겠지만 이 세계가 이상한 융통성이라도 발휘해 준 게 아닐까. 세계가 융통성을 발휘하다니 진짜 뭐지.

"아, 그 회복 마법으로 아마 묵은 상처까지 한꺼번에 나았을 텐데, 만약 일부러 상처를 남겨 뒀던 분이 있다면 죄송합니다. 조금이라도 빨리 여러분이 건강해지셨으면 해서 그런 건 생각 안 하고 마법을 발동시켜 버렸어요."

납득할 수 있느냐와는 별개로 내 나름대로 잘 설명했지만, 리엘 씨도 스인 씨도 멍하니 고개를 가로저었다.

"이상해. 역시 이상해. 뭐야? 무슨 일이 일어난 거야? 눈앞에 있는 이 남자는 대체 뭐야? 우, 우리는 위험한 상황이었잖아? 허? 내가 말해 놓고 이해가 안 가는데, 왜 『상황이었다』라고 과거형이 되어 있는 거야?"

"리, 리엘, 진정해. 아니, 진정할 수 있는 상황이 아니지만. 하지만 정말로 다 나았고, 내 이해의 범주를 넘어섰는데? 뭐야? 이 사람 정체가 뭐야?"

"내가 알겠냐! 어이, 너! 이건 어떻게 된 거지?!"

"너무 막연한 질문 아닌가요?!"

이건 어떻게 된 거냐고 물어도, 리엘 씨의 눈앞에서 보여 준 게 전부고…….

굳이 말하자면 최근 강하게 느끼고 있는 **그거**겠지.

"상식이 도망간 걸까요?"

"상식이 도망가다니, 그게 무슨 소리야?!"

내가 묻고 싶다. 하지만 최근 그런 생각이 자주 드니까 어쩔 수 없다. 왜 도망치는 거야? 술래잡기야? 숨바꼭질이야? 내가 졌으니까 돌아와……!

내 대답에 이마를 짚은 리엘 씨가 하나씩 조곤조곤 말했다.

"잘 들어. 우선 회복약. 일반적인 회복약은 최상급 회복약이 아니야. 회복약은 베인 상처가 깨끗하게 나으면 그나마 선방했다고 할 수 있는 그런 물건이야. 그런데 어떤 상처든 순식간에 고치는 전설급 회복약을 말도 안 되게 늘어놨잖아?"

"많이 있는 편이 좋을 것 같아서요."

"그래, 실제로 고마웠어. 그리고 여기 와서 회복 마법을 썼지. 대체 뭐야? 결손 부위 재생? 심지어 이 도시 전체에? 하하하, 이제 웃음밖에 안 나와."

"하, 하아……."

리엘 씨, 눈이 안 웃고 있어요.

"한 가지는 알았어. 너는— 비상식의 결정체야."

"어째서어어어어어어어어어어어!"

이상해! 좋은 마음으로 한 건데 비상식 취급은 이상하다고!

"어떻게 생각해도 이상하잖아……. 상식의 범위에서 회복약은 시판되는 걸 몇 개 사는 게 고작이고, 회복 마법을 거는 건 한 명씩, 많아도 동시에 세 명 정도야. 그것도 중상자의 상처를 완화할 뿐이고 완치는 불가능해."

"맞아……. 뭐, 세이이치 군이 우리의 상식을 벗어난 덕분에 저렇게 다들 웃고 있는 거지만."

"저는 비상식이란 말을 듣고 눈물이 날 것 같지만 말이죠!"

이제 나도 몰라! 내 눈물로 모두가 웃을 수 있다면 울어주겠다고, 제기랄!

눈물을 흘리며 기뻐하는 병사들을 바라보고 있으니 회복의 방 입구에 누군가가 왔다.

"세이이치 님, 끝났나요? 뭐, 끝났겠죠. 제가 있던 곳까지 마법의 파동이 왔으니까요. 역시 불합리와 비상식의 결정체답네요. ……『불합리』도 『비상식』도 세이이치 님을 표현하는 건 버거울 테지만요."

"오자마자 내 마음을 후벼 파지 말아 줄래?!"

찾아온 것은 정원에서 광합성을 하고 있어야 할 나무였다.

나무는 마침 정신적으로 나가떨어져 있던 내게 결정타를

날렸다.

그보다 『불합리』와 『비상식』이 나를 표현하는 건 버거울 거라니 그게 무슨 소리야?! 애초에 사람을 한마디로 표현할 때 『불합리』란 말은 흔히 쓰지 않는다고! 불합리의 결정체에 이르러서는 들어 본 적도 없어! 나한테 쓰는 것 말고는 말이야!

"근데 너는 뭐 하러 왔어? 정원에서 기다리는 거 아니었어?"

"심심해서 왔습니다."

"너 원래는 평범한 나무잖아!"

심심하고 자시고, 땅에 뿌리를 내리고 광합성하는 게 나무의 생활이잖아.

"그럼 일단 이 도시의 긴급한 문제는 정리된 것 같으니 다음으로 넘어가죠."

"뭐? 다음?"

이 이상 뭘 하라는 거야?

나무의 말에 눈썹을 찡그리고 고개를 갸웃했다.

"네. 세이이치 님이 다음으로 해 주셨으면 하는 일은—."

"—이건 대체 웬 소란이지?"

『……?!』

나무의 말을 막으며 회복의 방 입구에 나타난 것은 최악의 형태로 만났던 【여제】라고 불리는 여성이었다.

단결하는 바르샤 제국

"리엘, 스인. 이게 어떻게 된 것이냐?"

"그게……."

"뭐라고 말씀드려야 할지……."

【여제】라고 불리는 여성이 갑자기 나무 뒤에 나타나서, 회복의 방에서 기뻐하던 병사들은 물론이고 리엘 씨와 스인 씨도 뭐라고 설명하면 좋을지 모르겠다는 표정으로 서로의 얼굴을 바라보았다.

그런 병사들을 보고 있으니 불현듯 시선이 느껴져서 고개를 돌리자 여제님이 미심쩍다는 얼굴로 나와 나무를 보고 있었다.

"네놈…… 왜 여기 있지? 숲에서 나무에 생명을 불어넣어 발을 묶으라고 명령했을 텐데…… 아니, 왜 그 나무도 여기 있는 거지? 짐의 명령은 어쩌고 여기 있느냐?"

"(나는 평범한 나무, 나는 평범한 나무, 나는 평범한 나무, 나는 평범한 나무…….)"

"……어이. 누가 너를 만들었는지 모르나? 네놈의 생각은 다 들린다."

"Nooooooooooo?!"

【평범한 나무 계획】이 순식간에 파탄 나자 나무는 비명을 질렀다. 나무가 이렇게 비명을 지르는 건 처음 들었다. …… 나무아미타불.

"네놈은 왜 무관계하다는 표정을 짓고 있지? 네놈이 무슨 짓을 한 건 명백하지 않으냐?"

"윽……."

날카로운 시선을 받고 나도 모르게 말문이 막혔지만, 눈앞의 여제님은 무슨 일이 있었는지 말할 때까지 놓아주지 않겠다는 모습으로 나를 보고 있었다.

하지만 딱히 들려줄 수 없는 일을 한 것도 아니고 나는 떳떳하기에 평범하게 대답했다.

"그게…… 일단 여기 와서 보니까 중상자가 많았고, 딱 보기에도 괴로워 보였기에 전부 고쳤습니다."

"저, 전부 고쳤다고?!"

엄청난 형상으로 다시금 병사들을 본 여제님은 멍하니 비틀거렸다.

"어, 어떻게 된 거야……. 그렇게나 지옥 같았던 회복의 방이, 잠깐 자고 나니까 천국이 됐잖아……."

"아, 밖에 있는 병사들에게는 최상급 회복약을 드렸으니까 그분들도 전원 상처는 다 나았을 거예요."

"너, 대체 무슨 소릴 하는 거야?!"

"폐하, 말투요!"

스인 씨에게 지적받은 여제님은 퍼뜩 놀란 표정을 짓더니 헛기침을 한 번 했다.

"크흠! ……짐이 잠든 사이에 이렇게까지 영문 모를 일이 벌어졌을 줄이야……. 그리고 평소 같았으면 힘을 많이 쓴 뒤에는 묘하게 피곤하고 좀처럼 피로가 풀리지 않는데, 지금은 묘하게 몸이 가뿐해……."

"아…… 그게, 폐하. 실은 세이이치 군의 마법이 이 회복의 방뿐만 아니라 성 전체에…… 아니, 이 도시 전체에 퍼졌는데, 그 영향이지 않을까요."

"진짜로, 너 뭐야?!"

어째선지 울상이 되어 외치는 여제님에게 나는 뭐라고 대답하면 좋을지 알 수 없었다. 저야말로 알고 싶어요. 『인간』이란 정말 뭘까…….

무심코 먼 산을 바라보고 있으니 때는 지금이라는 듯 나무가 여제님에게 어필하기 시작했다.

"폐하, 폐하! 제가 했습니다. 제가 세이이치 님을 이곳으로 데려왔습니다! 어떠신가요?! 도움이 됐나요?!"

"하지만 명령 위반이란 점은 변함없지?"

"Oh……."

나무는 솜씨 좋게도 양손으로 바닥을 짚고 고개를 숙였다. 이 녀석, 점점 인간 같아지네.

"그보다 진짜 뭐야? 내가 카이젤 제국에 투항하지 않은 탓에 다들 다치고 죽는 게 아닐까…… 하는 절망적인 상황이었는데, 왜 자고 일어나니까 전부 해결된 거야? 이상하지 않아?"

"폐하…… 그 심정 이해합니다……."

"정말 나한테 너무하네!"

뭐, 다들 건강해졌으니까 됐지만!

여제님은 고개를 몇 번 흔들더니 적의 없이 올곧은 눈으로 나를 보았다.

"—너에게 고맙다고 인사해야겠군. 이름은…… 뭐였더라?"

"거기서 본모습이 나오는 거야?"

【봉마의 숲】에서 이름을 밝히긴 했지만, 그때는 서로 어색한 상황이었고 나는 수상쩍었기에 제대로 기억하지 않았을 것이다.

그래서 나는 특별히 불평하지 않고 다시 이름을 밝혔다.

"저는 모험가 히이라기 세이이치입니다. 리엘 씨와 스인 씨에게는 이미 사정을 설명했지만, 윔블그 왕국의 왕도 테르베르 부근에 나타난 던전을 공략하는 중에 【마신교단】의 『신도』라는 자와 교전하였고, 쓰러뜨린 후 위험한 물건은 없는지 소지품을 조사하다가 그 『신도』가 가지고 있었던 수정의 힘으로 낯선 이 땅에 왔습니다."

"그, 그런가. 예상보다 더 하드하고 영문 모를 이유네…….

크흠! 짐은 이 바르샤 제국을 다스리는 아멜리아 프렘 바르샤다."

"엥? 바르샤 제국?"

여제— 아멜리아 님의 말을 듣고 나는 깜짝 놀랐다.

바르샤 제국이라면…… 헬렌이 이곳에 돌아오기 위해 강해지겠다고 해서 던전을 공략했던 거였는데? 어라라?

"음? 왜 그러지?"

"아, 아뇨, 괜찮습니다. 네."

일단 내가 바르샤 제국에 온 건 넘어가자. 그보다도 여기서 일어나고 있는 일에 대응하는 게 먼저다.

"세이이치, 고맙구나. 지금은 정식으로 사례할 수 없으나 기대해도 좋다. ……무사히 돌아갈 수 있다면 말이다."

"네? 그게 무슨 말이죠?"

아멜리아 님의 불온한 발언에 무심코 그렇게 물어보자 아멜리아 님은 거의 체념한 표정으로 말했다.

"이제 너도 알고 있겠지만, 현재 바르샤 제국은 공격받고 있다. 이 땅을 지배하려는 카이젤 제국과—【마신교단】, 이 두 세력에게."

"어? 둘?!"

왜 하필이면 그런 귀찮은 두 세력에게 노려지고 있는 거야?! 둘 다 거지 같은 곳이잖아!

"너는 아무래도 개인적인 인연으로 【마신교단】과 관계가 있는 것 같지만…….”

“개인적인 인연이라고 할까, 가는 곳곳마다 저쪽에서 멋대로 찾아오는 건데…….”

그런 귀찮은 녀석들과 굳이 관계를 맺고 싶지는 않다. 마신도 잘 모르겠고.

“아무튼 이 바르샤 제국은 그 두 적을 상대하고 있다.”

“그럼 병사들이 다친 것도……?”

“아니, 표면적으로 공격해 오는 건 카이젤 제국의 병사들이다. 무슨 수를 썼는지 카이젤 제국의 모든 병사가 『초월자』가 됐어. 그리고 그 『초월자』 병사를 이 땅에 천 명 넘게 보내왔지.”

“……용케 버텼네요.”

“【봉마의 숲】 덕분이다. 마법을 쓸 수 없기에 녀석들은 광범위로 공격할 수단이 없어. 그리고 숲은 울창하여 이동하기도 불편하지. 원래부터 많은 인원이 이동하기에는 적합하지 않아. 그리고…… 우리를 방해하기도 하지만, 숲에 서식하는 마물을 잘 유도해서 어떻게든 버틴 것이다.”

“그랬군요…….”

“【마신교단】은 더 성가셔. 카이젤 제국과 우리나라의 전쟁조차 녀석들에게는 그저 이용 가치가 있는 행사에 불과한 것 같더군. 숲에 있는 마물에게 뭔가 묘한 술법과 약을 써서 강화시키고 있어. 그런데 그 실행범을 잡을 수가 없어.”

"으음…… 【마신교단】이 마물을 강화시켰다는 건 어떻게 아시는 건가요? 확실히 그런 짓을 할 것 같긴 한데……."

"단순한 얘기다. 녀석들은 옛날부터 우리나라에 잠복해 있어서 비슷한 사례가 많아. 수없이 잡으려고 했지만 잡힐 기미도 보이지 않아. 그리고 목적은 모르겠지만 녀석들은 부정적인 감정을 모으고 있는 모양이야. 최근에는 녀석들의 움직임도 없었지만, 이 전쟁으로 부정적인 감정을 모을 수 있다고 생각한 거겠지. 다시 움직이기 시작한 것 같아. 부아가 치밀지만, 틀림없이 지금 우리나라에는 부정적인 감정이 만연해."

"폐하……."

분한 듯 말하는 아멜리아 님을 리엘 씨와 스인 씨가 걱정스레 바라보았다.

하지만 아멜리아 님은 금세 뭔가를 깨닫고 조금 전과는 전혀 다른 무표정이 되었다.

"―조금 전 짐의 표정은 잊어라. 알겠나?"

"네? 아, 네."

뭐가 문제였는지 모르겠지만, 잊으라니 잊겠습니다…… 하고 잊을 수는 없기에 떠올리지 않도록 하겠습니다.

"이야기를 되돌리겠는데…… 너에게 정식으로 사례할 수 있을지 얘기하고 있었지?"

"그랬죠."

"방금 말한 대로 우리나라의 상황은 절망적이다. 네가 가져온 회복약과 회복 마법으로 나의 병사들이 힘을 되찾았어도 그건 여전해."

"—그렇지 않습니다!"

지금까지 조용히 우리의 이야기를 듣고 있던, 아까까지 부상병이었던 병사 한 명이 그렇게 외쳤다.

"저희는 아직 싸울 수 있습니다, 폐하!"

"맞습니다! 이번에야말로 카이젤 제국 녀석들을 완벽하게 물리치겠습니다!"

"아직 절망적인 상황은 아닙니다!"

병사들은 저마다 싸울 수 있다고 전의를 불태우며 아멜리아 님에게 말했다.

하지만 아멜리아 님은 고개를 가로저을 뿐이었다.

"아니, 무리다. 짐의 능력을 쓰더라도 수가 압도적으로 부족해."

"그렇지는……."

"그렇지는 않다고 할 건가? 우리나라는 어디에도 지원을 부탁할 수 없는데? 그에 비해 녀석들은 얼마든지 지원군을 부를 수 있어. 지금보다 더 많은 병사가 모여서 인해전술로 【봉마의 숲】을 공략해 버린다면 우리나라는 순식간에 멸망하겠지."

"그건……."

"그리고, 녀석들은 지배하에 둔 다른 나라에서 물자를 얻을 수 있어. 우리 바르샤 제국, 윔블그 왕국, 그리고 동쪽 나라를 제외한 모든 나라를 녀석들이 지배하고 있지. 우리는 늘 소모전을 치러야 하는데 녀석들은 늘 완전한 상태로 습격해 오는 거야."

"……."

아멜리아 님의 말에 병사들은 뭐라고 대꾸하려고 했지만, 결국 대꾸할 말을 찾지 못하고 입을 다물어 버렸다.

"……애초에 병력부터 달라. 짐은 그걸 몰랐다. ……맨 처음 항복 권고를 받았을 때, 짐은 이길 수 있을 거라고 생각했다. 지리적 요건, 짐의 능력, 그리고 강인한 병사들. 짐의 나라는 최강이다. 그러한 짐의 나라를 멸망시키려 드는 어리석은 자들을 오히려 짐이 멸망시켜 주겠다고 생각했다. ……하지만 그건 그저 환상일 뿐이었어."

아멜리아 님은 조용히 눈을 감았다가 이윽고 뭔가를 결심한 모습으로 병사들을 둘러보았다.

"다들 미안하다. 짐의 선택이 모두를 위기에 빠뜨렸다. 이제 짐이 책임을 지겠다."

"책임? ……설마 폐하?! 안 됩니다!"

리엘 씨가 눈을 크게 뜨고서 아멜리아 님을 말리려고 했지만 아멜리아 님은 고개를 가로저었다.

"아니, 짐은 결심했다. 바르샤 제국은— 아니. 아멜리아

프렘 바르샤는 카이젤 제국에 항복하겠다.”

그렇게 아멜리아 님이 단언하자 회복의 방이 일순 정적에 휩싸였지만, 병사들은 곧장 정신을 차렸다.

“아, 아니 됩니다, 폐하!”

“저희는 아직 싸울 수 있습니다!”

“그리고 폐하께서 책임을 지시겠다니! 책임은 저희에게도 있습니다!”

“다시 생각해 주십시오!”

리엘 씨와 다른 병사들이 그렇게 외치는 가운데, 스인 씨만이 아멜리아 님을 복잡한 표정으로 바라보고 있었다.

“……이 이상 모두를 다치게 할 수는 없다.”

“하오나!”

“됐다. 이제 되었다. 그리고 설령 짐이 죽더라도 핏줄은—.”

아멜리아 님은 거기까지 말하고서 먼 곳을 바라보며 아련하게 웃더니 다시 표정을 다잡았다.

“내일, 짐은 카이젤 제국의 진지로 가서 항복하겠다는 뜻을 전할 것이다. 다들 안심하여라. 짐의 목숨으로 모두를 지키겠다.”

『…….』

다들 조용히 아멜리아 님의 말을 들을 수밖에 없었다.

—그런 줄 알았지만.

“—싫습니다!”

"리엘?"

리엘 씨가 그렁그렁한 눈으로 아멜리아 님을 보더니 그렇게 확실히 말했다.

"리엘, 짐의 명령을—."

"따를 수 없습니다! 이것만큼은…… 절대로 따를 수 없습니다……!"

리엘 씨는 결국 참지 못하고 울며 외쳤다.

"저는 끝까지 폐하 곁에 있을 겁니다! 폐하께서 혼자 싸우시게 두지 않을 겁니다……!"

"폐하. 저도 끝까지 함께하겠습니다."

"리엘, 스인……."

그 자리에 무릎 꿇은 두 사람이 눈물을 흘리며 아멜리아 님을 똑바로 바라보았다.

그러자 다른 병사들도 잇따라 생각을 외치기 시작했다.

"폐하, 그런 슬픈 말씀은 하지 말아 주십시오!"

"저희는 폐하의 검이자 방패입니다!"

"죽는 그 순간까지! 변함없는 충성을 폐하께 맹세합니다!"

"폐하……!"

『폐하!!』

병사들이 일제히 무릎 꿇고 고개를 숙였다.

그 모습을 보고 아멜리아 님은 눈물을 흘렸다.

"다들…… 바보네. 정말 바보 멍청이야. 내가 희생되면 모

두는 살 수 있을지도 모르는데…….”

아멜리아 님은 【여제】로서의 말투도 잊고 그저 한 명의 소녀로서 눈물지었다.

그런 아멜리아 님을 보고 스인 씨가 웃었다.

“폐하. 또 말투가 허물어졌습니다.”

“시, 시끄러워! 어쩔 수 없잖아! 너희 때문이야!”

우는 걸 필사적으로 무마하기 위해 아멜리아 님이 눈물을 닦았다.

그 얼굴은 아까와 같은 포기한 표정이 아니라 앞으로 나아가고자 하는 강한 의지가 느껴지는 표정으로 바뀌어 있었다.

“다들…… 고맙다. 모두의 충성심은 확실하게 받았다. 함께 끝까지 싸우자……!”

“““오오오오오오오오오!!!”””

회복의 방뿐만 아니라 성 전체가 흔들릴 만큼 큰 함성이 일었다.

각자 무기를 높이 들고서 아멜리아 님에게 승리를 바치고자 의기충천한 태도로 서로를 분기시켰다.

“……이 나라는 대단하네.”

“네. 제 주인의 자랑스러운 나라죠.”

옆에서 그 광경을 바라보는 나무에게 말하자 나무는 자랑스러운 듯 미소 지었다.

“너…… 아니, 세이이치 공.”

"네?"

모두를 바라보며 감탄하고 있으니 어조와 분위기가 부드러워진 아멜리아 님이 나를 불렀다.

"그대는 어쩔 것이지?"

"뭘 말인가요?"

"그대는 원래 이 나라 사람이 아니야. 오히려 사고로 이 위험한 곳에 왔지. 그러니 그대가 이 싸움에 낄 의무는 없어."

"그건……."

확실히 아멜리아 님이 말한 대로, 나는 원래 이 나라의 전쟁에 참여할 의무도 없고, 따지자면 도와줄 이유도 없다.

"그리고 그대에게는 이미 회복약과 회복 마법 등으로 도움을 받았지. 여기서부터는 우리의 문제야."

"응. 그리고 아직 카이젤 제국이 자기들 진지로 물러나 있는 상태니까 지금이라면 혼자 이탈할 수 있을지도 몰라. 정문에 있었던 병사들에게 들었는데 뭔가 특수한 방법으로 화살도 효과가 없었다는 모양이고, 실력을 생각해도 도망치는 건 문제없지 않을까?"

"그야 뭐……."

"이야기를 듣자 하니 세이이치 공을 기다리고 있는 사람이 있는 거지?"

"……."

아멜리아 님의 말을 듣고 곧장 사리아의 얼굴이 떠올랐다.

하지만…….

"아뇨. 저는 여기 있는 나무에게 당신을 도와달라고 부탁받았어요."

"어?"

"그뿐만이 아니에요. 그게…… 그 왜, 처음 만났을 때 제가 부주의하기도 했고, 그에 대한 사과라고 할까……."

"……아?!"

무슨 말인지 이해하지 못하고 고개를 갸웃했던 아멜리아님은 【봉마의 숲】에서 만났을 때를 떠올렸는지 얼굴이 새빨개졌다.

"너너너너너! 그때 일은 잊어버려! 알았어?! 지금 당장 말소해!"

"어어…… 노, 노력하겠습니다."

"노력하는 게 아니라 잊어버리라고! 안 그러면 물리적으로 없애 버리겠어!"

"엇, 무서워."

물리적으로 없애 버리겠다니. 기억뿐만 아니라 머리를 통째로 없애 버릴 듯한 기세인데요.

"그건 됐고…… 네가 여기 남겠다고 한다면 방을 빌려줄게. 조금씩 괴롭히는 것처럼 공격해 오니까 야습은 없을 테고, 잠은 잘 수 있을 거야. ……마음 편히 잘 수 있을지는 모르겠지만."

전쟁이면 야습도 있을 법한데, 아무래도 카이젤 제국은 아직까지 그런 일을 벌일 기미가 없는 것 같았다. 정말로 조금씩 괴롭히며 놀고 있는 것이다. 성격 나쁘네.

"【마신교단】 쪽도 직접 나서서 노리지는 않으니까 공격해 온다면 카이젤 제국과 함께 올 거야. 그러니까 지금은 확실하게 쉬도록 해. 괜찮아. 야습이 있으면 보초한테서 연락이 올 테고, 네가 곯아떨어져 있더라도 때려서 깨워 줄 테니까."

"그, 그건 무섭네요……."

깨우는 김에 기억도 없앨 것 같다.

그보다 방금 깨달았는데…….

"저기…… 아멜리아 님? 아까부터 말투가 평범한 말투로 돌아와 있는데요……."

"……아~ 귀찮아! 어차피 이렇게 된 거 너한테는 이제 그 말투 안 쓸래! 그러니까 너도 존댓말 안 써도 돼. 일일이 아멜리아 님이라고 할 필요도 없어. 나이도 비슷해 보이고, 편하게 불러."

"폐, 폐하?!"

갑작스러운 존댓말 해제 선언에 나는 물론이고 리엘 씨도 놀랐지만, 아멜리아 님…… 아니, 아멜리아는 대수롭지 않게 말했다.

"이 상황에서, 심지어 도와준 상대에게 존댓말을 요구하는 것도 이상하잖아? 그리고 지금은 공무 중인 것도 아니고. 존댓말로 이야기하는 시간이 아까워.”

“그, 그럴지도 모르지만…….”

“지금만이라도 좋으니까 그렇게 하자고. 알겠지?”

“네, 네에…….”

나도 모르게 맥 빠진 대답을 하고 말았지만, 아멜리아는 만족스럽게 고개를 끄덕였다.

“좋아, 그럼 스인? 세이이치를 방까지 안내해 줘.”

“알겠습니다.”

이리하여 나는 스인 씨를 따라 방으로 가게 되었다.

◆ ◆ ◆

“—그런 일이 있어서 바르샤 제국과 카이젤 제국의 싸움……?에 끼게 됐습니다.”

『진짜로 너는 왜 평범하게 지내질 못하는 거야?!』

스인 씨에게 안내받은 방에서 목걸이를 사용해 사리아와 알에게 지금까지 있었던 일을 전하자 알이 그렇게 화냈다. 아니, 나도 평범하게 지내고 싶다고요.

“하지만 못 본 척할 수는 없잖아? 눈앞에서 결사의 각오로 싸우는 사람들을 보니까…… 뭔가 조금이라도 돕고 싶달까, 한 명이라도 더 살았으면 좋겠어.”

『그야…… 그럴지도 모르지만…….』

"그리고 나도 싸우고 싶지 않아. 무서운걸."

지금까지 모의전을 벌이고 【마신교단】과 싸우는 등 이런저런 일이 있었지만, 나는 애초에 싸움이 무섭다. 다들 엄청난 표정으로 달려들고 말이지.

그렇게 생각하고 있으니 목걸이 너머에서 알이 크게 한숨 쉬는 소리가 들렸다.

『하아…… 이미 네가 정했다면 어쩔 수 없지. 하지만 반드시 무사해야 해.』

"물론이지. 상처 하나 없이 돌아갈게."

『……네가 그렇게 말한다면 괜찮겠지.』

『맞아! 하지만 조심해야 해.』

"그래, 고마워."

사리아도 내 행동을 인정하며 걱정해 줘서 나도 모르게 웃었다.

일단 그 밖에도 지금 내가 있는 장소와 상황을 최대한 전달하고 나니 문득 떠오른 게 있었다.

"그러고 보니 데스트라는 어쨌어?"

『그 사람은 란제 씨에게 확실하게 넘겼어!』

『……임금님도 네 행동에 두통을 호소하더라. 이해할 수가 없다면서.』

"나도 이해할 수 없으니 말이지."

왜 나는 가는 곳마다 트러블에 휘말리는 걸까? 정말 싫다.

“뭐, 란제 씨에게 넘겼다면 괜찮겠지. 애초에 데스트라의 능력도 바뀌어서 지금은 무해한 수준을 넘어 도움이 될 테고.”

『그 점도 포함해서 임금님이나 나나 이해가 안 가는 거지만…….』

“그리고 헬렌은 어쩌고 있어? 근처에 있어?”

헬렌이 바르샤 제국에서 누군가를 돕기 위해 강해지려고 했다는 건 알고 있고, 지금 내가 바르샤 제국에 있으니까 조금이라도 정보를 건네면 좋을 것 같았다.

하지만—.

『아…… 그게 말이지, 그 녀석, 던전에서 나온 뒤에 그대로 혼자 바르샤 제국으로 갔어.』

“뭐?”

『우리도 말렸는데, 목적은 달성했다면서…….』

“…….”

헬렌의 그 행동력을 어이없어해야 할지 칭찬해야 할지…… 나는 뭐라 말할 수 없는 기분이 되었다.

뭐, 바르샤 제국에 소중한 사람이 있는 것 같았고. 어쩔 수 없나.

“어느 정도 정보를 전하고 싶었는데 말이지.”

『나는 네가 거기 있는 시점에 헬렌의 노력이 헛수고가 됐다고 생각했어.』

“그게 무슨 의미죠?!”

왜 내가 바르샤 제국에 있으면 헬렌의 노력이 헛수고가 되는 건데. 말이 너무 심하네.

"뭐, 좋아. 내일부터 또 싸움이 시작될 테고, 나는 이만 쉴게."

『……그런가.』

『세이이치, 정말 조심해야 해.』

"그래. 그럼 잘 자."

두 사람에게 그렇게 인사하고 연락을 끝낸 나는 그대로 침대에 드러누웠다.

"……."

멍하니 천장을 바라보며 생각했다.

내일 평범하게 싸운다면 다들 다칠 것이다. 심지어 목숨을 잃을 가능성도 있다.

만약 마법을 쓸 수 있다면 『저지먼트』 같은 걸로 카이젤 제국의 병사들만 노려서 공격할 수 있겠지만, 어째선지 마법을 전혀 쓸 수 없으니 다른 방법을 생각할 수밖에 없다.

……나무가 말한 것처럼 내가 마법을 못 쓰는 것도 내 몸 나름의 이유가 있는 걸지도. 루루네의 말을 빌리자면 세계 나름의 이유……일까? 뭐, 그렇진 않겠지만. 마법처럼 의사소통한 것도 아니—.

…….

그러고 보니 세계와도 대화한 적이 있었지. 응, 이 이야기는 그만하자.

그보다도 중요한 건 내일이다.

오만한 생각일지라도, 되도록 누구도 다치는 일 없이 무력화하고 싶은데…….

거기까지 생각한 순간, 나는 한 가지 아이디어……라기보단 바보 같은 생각을 떠올렸다. 떠올리고 말았다.

"아니아니아니, 역시 이건 안 되겠지……."

내가 떠올렸지만 너무 터무니없는 생각이라 말도 안 된다고 부정하려고 했다. 하지만 내 몸은 『그 정도는 수고스럽지도 않다』라고 말하고 있는 것 같았다.

……설마 진짜로 할 수 있는 거야? 만약 가능하다면…….

이것저것 생각하며 부정하려고 해도 가능하다는 예감만 들었다.

남은 건…… 내 기분 문제인가.

아니, 새삼 기분을 따질 상황은 아니지.

나는 침대에서 일어나 다시 기합을 넣기 위해 뺨을 때렸다.

"후우…… 그렇게나 평범한 게 좋다고 했으면서도 사고 회로가 점점 안 평범해지네. ―그럼 『인간(괴물)』다움을 보여 주기로 할까!"

그렇게 결의한 나는 내일에 대비해 이불로 들어갔다.

세이이치류 해결책

내일에 대비해 세이이치가 쉬기 시작했을 때, 【봉마의 숲】에서는 카이젤 제국이 진을 치고 있었다.

카이젤 제국의 병사들은 각자 야영을 준비하며, 적국 근처인데도 술을 꺼내고 전혀 경계하지 않는 모습으로 연회라도 벌이듯 식사를 시작했다.

"대장님, 저 녀석들 끈질기네요."

"흥, 그러니까 말이야."

이번 바르샤 제국 원정의 지휘를 맡은 사람은 카이젤 제국 제1부대 대장인 오리우스 펜서였다.

제2부대와 달리 1부대는 귀족으로 구성되어 있었는데, 역시나 다들 『초월자』가 된 상태였다.

"그나저나…… 자키아 녀석이 쓸모없는 탓에 우리가 이런 변방까지 오게 됐잖아."

"그러게나 말입니다. 이래서 평민은 싫다니까요. 무능한 놈들밖에 없으면서 입만 살았어요."

"닥치고 우리한테 돈이나 헌납할 것이지."

오리우스가 이끄는 제1부대의 병사들은 자키아 부대와 카이젤 제국의 국민을 그저 돈줄로만 보았다.

"그러고 보니 대장님. 오늘 밤에 공격하지 않아도 되는 겁니까?"

"엉? 글쎄…… 귀찮으니 안 해도 되겠지."

"귀, 귀찮아서 안 하는 겁니까……."

오리우스는 손에 든 술을 마시며 부하의 말에 대답했다.

"그렇잖아? 우리는 폐하의 힘으로 『초월자』가 됐어. 진심으로 싸우면 언제든 밟을 수 있어."

"하아……."

"이봐, 뭘 걱정하는 거야? 이걸 보라고."

오리우스가 자리에서 일어나 근처에 있던 나무를 잡았다.

"흥!"

그리고 오리우스가 힘을 준 순간, 손가락이 단단한 생나무를 뚫더니 대지에 확실하게 뿌리 내리고 있었던 나무를 뽑았다.

"이 힘을 봐! 우리 모두가 지금까지 할 수 없었던 일을 할 수 있어. 기분 더럽게도 이곳에서는 마법을 못 써. 하지만 그게 대수인가? 우리에게는 이 힘이 있어. 걱정할 요소가 대체 어디 있어? 그리고…… 으랴!"

오리우스가 한 손으로 나무를 든 채 병사들과 조금 떨어진 위치에서 땅을 힘주어 밟자 땅이 크게 가라앉으며 크레이터가 생겼다.

"아하하하하하! 굉장한 힘이야! 이 힘이 있으면 질 일은 없어! 안 그래?!"

"그렇죠……. 제 생각이 틀렸습니다."

"흥, 알면 됐어."

오리우스는 들고 있던 나무를 대충 던져 버리고 끈적거리는 웃음을 지었다.

"그리고 녀석들은 이제 아무것도 못 해. 타국에 도움도 요청할 수 없지. 거의 모든 나라를 우리 카이젤 제국이 지배했으니까. 지금부터 천천히…… 녀석들이 비명을 지르는 걸 즐기자고."

오리우스의 말에 다른 병사들도 어두운 웃음을 지었다.

그러다 병사 한 명이 생각났다는 듯 입을 열었다.

"그러고 보니 대장님. 바르샤 제국을 함락하고 나면 저희는 포상을 받을 수 있을까요?"

"걱정하지 마. 제국을 함락하면 그 나라의 평민들은 마음대로 해도 좋다고 헬리오 님께서 말씀하셨다. 마음껏 놀아라!"

"야호~! 역시 【환마】님이야!"

"이거 더더욱 힘내야겠는데!"

병사들은 추잡하게 웃으며 바르샤 제국을 침략한 후의 일을 저마다 망상하기 시작했다.

"크크크…… 기대되는걸? 바르샤 제국의 【여제】는 엄청난 미인이라고 하고, 그 측근들도 괜찮은 여자가 많다고 했어.

확실하게 즐겨 줘야지."

"대장님! 여제를 저희가 먼저 접수해도 되는 겁니까? 헬리오 님은 평민만 마음대로 하라고 하시지 않았습니까?"

"멍청한 놈. 그야 귀족 자녀나 여제는 폐하와 헬리오 님이 갖고 싶어 하시겠지. 그러니 우리끼리 즐긴 후에 죽이는 거야. 폐하와 헬리오 님에게는 자결했다고 하면 돼. 그러더라도 이상하지 않은 상황이니까. 죽여 버리면 확인할 방도도 없어. 이런 변방까지 왔잖아. 신분 높은 여자들로 놀더라도 벌은 안 내려."

술을 마셔서 취기가 돌기 시작한 오리우스는 태연히 그런 말을 했다.

만약 다른 신분 높은 자가 이 이야기를 들었다면 설령 오리우스라고 해도 무사하지 못했을 것이다.

하지만 원래부터 제1부대는 오리우스와 비슷한 사고방식을 가진 자들로 구성되어 있었고 다들 술에 취해 있었다. 커지는 욕망에 제동이 걸리지 않게 된 지금, 그를 타박할 자는 아무도 없었다.

오히려 다들 바르샤 제국에 있는 여제와 그 측근들을 어떻게 더럽힐지만을 생각하고 있었다.

"이야~ 언제까지 버틸까? 의외로 조만간 항복하겠다고 할지도 모르지."

머지않아 자신 앞에 무릎 꿇고 용서를 구할 여제의 모습을 상상하며 오리우스는 입맛을 다셨다.

전쟁 중임에도 불구하고 그들은 술을 마시며 자신들의 승리를 믿어 의심치 않았다.

이 밤에 바르샤 제국 측에서 공격해 오리라고는 전혀 생각하지 않았다.

실제로 카이젤 제국군에게 야습을 가할 만한 인원도 여유도 바르샤 제국 측에는 없기에 오리우스의 생각은 옳았지만, 그래도 경계심이 너무 없었다.

"우리가 사냥하는 측이야. 천천히 조금씩 상대가 괴로워하는 걸 즐기면서 가자고."

—그렇기에 그들은 지금껏 체감한 적 없는 『불합리』를 겪게 된다.

그건 설령 이 밤에 바르샤 제국을 공격했더라도 바뀌지 않을 미래였다.

◆ ◆ ◆

"흥…… 송사리들 같으니라고. 이대로 가면 조만간 죽겠군."

오리우스 부대가 술을 마시며 완전히 풀어져 있을 때, 조금 떨어진 곳에서 후드를 눌러쓴 인물이 숨을 죽인 채 그 모습을 바라보고 있었다.

"정말이지…… 조금만 더 하면 바르샤 제국을 혼란에 빠뜨릴 수 있었는데, 그 여제 때문에…….”

후드 쓴 인물은 짜증스레 중얼거리고 바르샤 제국 쪽을 노려보았다.

“……뭐, 좋아. 바르샤 제국 내에서의 임무는 실패했지만, 지금은 이 전쟁을 이용해 주겠어. 이대로 바르샤 제국이 카이젤 제국의 손아귀에 떨어지면 필시 질 좋은『부정적 감정』이 모이겠지.”

그렇게 웃는 후드 쓴 인물의 손등에는【마신교단】의『사도』임을 증명하는 문장이 새겨져 있었다.

“카이젤 제국의 병사들은 멍청해서 내 존재를 눈치채지 못했지만, 바르샤 제국은 우리를 눈치채고 경계하고 있어. 하지만 나는 절대 모습을 보이지 않지. 모습을 드러내지 않아도 여기 있는 마물과 카이젤 제국의 병사들을 몰래 강화하면 되니까. 마음껏 나를 의식하며 싸우라지.”

후드 쓴 인물은 이 전쟁에 참견하고 있는『사도』로, 리엘과 스인이 경계하고 있지만 그 모습을 포착하지는 못하고 있었다. 그래서 카이젤 제국뿐만 아니라 이『사도』까지 신경 써야 했다.

“뭐, 내게서 주의를 돌리면 그 순간 죽여 버릴 거지만.”

후드 쓴 인물이 말한 대로, 한순간이라도 이『사도』에게 빈틈을 보이면 살해당할지도 모른다고 예측했기에 리엘과 스인은 이자에게 의식을 할애하고 있는 것이었다.

야단법석인 카이젤 제국군을 바라보며 자신도 쉬기 위해 나무에 오른 사도는 문득 떠올렸다.

"그러고 보니…… 데스트라 님도 이곳에 오신다고 했는데 어떻게 된 거지? 그분이 오시면 지금처럼 일일이 숨어서 행동할 필요도 없는데……."

【마신교단】의 최강 중 한 명인 데스트라가 이곳에 올 것을 알고 있었던 사도는 아무리 기다려도 오지 않는 상황에 고개를 갸웃했다.

"……뭐, 그분도 바쁘신 몸이니까. 다른 『신도』님이나 마신 님에게 의뢰를 받으신 걸지도 모르지. 하지만 언젠가는 오실 테니까 그때까지는 내가 확실하게 이곳을 휘젓자."

이제 데스트라가 이 땅을 밟을 일은 없지만, 그런 사실을 모르는 사도는 그렇게 결론짓고 쉬어 버렸다.

—그리고 그 또한 머지 않은 미래에 영문 모를 『불합리』를 체감하게 된다.

◆ ◆ ◆

"—자, 그럼 해 볼까?"

이튿날.

나는 새벽부터 정문 밖으로 나와 가볍게 준비 운동을 하며 【증오가 소용돌이치는 세검(블랙)】을 뽑았다.

병사들도 저마다 준비를 시작했지만, 나 혼자 정문 밖으로 나왔기에 다들 의아한 얼굴로 나를 보고 있었다. 아멜리아나 리엘 씨한테도 아무런 언질을 주지 않고 나왔으니 말이지.

"그러고 보니 어제 나무가 다음으로 넘어가자고 했던 것 같은데, 나한테 뭘 시키고 싶었던 걸까?"

애초에 나무에게 의뢰받고서 도와주러 온 거고, 어제는 회복약과 회복 마법 같은 후방 지원 쪽으로 힘을 썼는데…… 아직 내가 모르는 문제가 있는 걸까? 뭐, 이걸 끝낸 다음에 물어보면 되겠지.

몇몇 시선을 느끼면서도 나는 내가 하고자 하는 일을 위해 행동을 개시했다.

"먼저…… 카이젤 제국의 병사는 어디 있으려나……."

그 자리에서 가볍게 날아오르자 순식간에 【봉마의 숲】을 둘러볼 수 있는 곳에 도달했다.

카이젤 제국의 병사들이 있는 곳을 공중에서 찾아보니 그리 멀지 않은 곳에 바르샤 제국의 병사와는 다른 갑옷을 입은 병사 집단이 있었다. 저게 카이젤 제국의 병사일 것이다.

따로 놓친 부분은 없는지 『세계안』 스킬 등으로 확인해 보니 카이젤 제국의 병사들이 모여 있는 곳 부근에 한 명 더 반응이 있었다.

그 녀석을 『세계안』의 능력을 확인해 봤더니, 아무래도 이 녀석이 【마신교단】의 『사도』인 것 같았다.

다행히 그 녀석과 카이젤 제국 병사들의 위치는 가까워서 이번에 내가 하려는 일로 한꺼번에 해결될 듯했다.

그걸 확인하고서 날아오른 위치로 자유 낙하를 시작하자, 상공에 있는 나를 얼떨떨한 얼굴로 보고 있는 문지기들의 모습이 눈에 들어왔다.

『…….』

다들 눈알이 튀어나올 것처럼 놀란 얼굴인데, 솔직히 이걸로 놀라면 지금부터 내가 할 일을 보고 어떻게 반응할지 모르겠다.

뭐, 그건 넘어가기로 하고—.

"후딱 끝내 버리기로 할까!"

나는 자유 낙하를 계속하면서 손에 든 블랙을 고쳐 쥐고, 공중을 발판 삼아 카이젤 제국 병사들의 배후까지 단숨에 뛰었다.

순식간에 배후로 이동하기도 했고, 병사들은 울창한 숲속에 있기에 나무들이 방해해서 상공에 있는 내 모습을 보지 못했다.

나는 그걸 확인하고, 【봉마의 숲】에 진지를 구축한 카이젤 제국의 병사들과 그럭저럭 떨어진 곳을 향해 블랙을 휘둘렀다.

그러자 블랙에서 초거대 참격이 생겨나 카이젤 제국의 진지 뒤에 커다란 홈을 팠다고 해야 할지, 칼집을 냈다고 해야 할지, 아무튼 경계선을 하나 만들었다. 덧붙여 그 참격은 조금 비스듬히 땅에 들어가도록 조절했다.

참격의 규모도 충격도 컸기에 역시 눈치챘는지 카이젤 제국의 진지가 소란스러워졌다.

하지만 내가 참격을 날렸으리라고는…… 아니, 상공에서 참격이 날아왔으리라고는 생각하지 못한 모양이라 엉뚱한 곳을 찾기 시작했다.

이대로 있다가는 각자 이동해서 내가 생각한 방법을 쓰기 어려워지기에 작업을 이어갔다.

"흡! 하! 하앗!"

맨 처음 참격을 날린 요령으로 세 번 더 날려서, 카이젤 제국군과 숨어 있는 【마신교단】 사람이 도망치지 못하도록 참격 자국으로 정사각형을 만들었다. 전부 조금 비스듬히 들어가도록 날렸다.

상당한 크기로 정사각형 칼집을 내고 그대로 땅에 내려가자, 눈앞에 정사각형의 한 변을 이루는 참격 자국이 있었다. 나는 그곳에 손을 넣었다.

"과연 정말 가능할까?"

스스로도 반신반의하면서— 나는 지면을 통째로 들어 올렸다.

"진짜 되잖아……."

내가 해 놓고 이런 말 하긴 뭐하지만, 설마 정말로 될 줄은 몰랐다.

—내가 하고자 한 것. 그건 바로 【봉마의 숲】 일부를 통째로 도려내서 그대로 다른 데다 옮겨 버리는 거였다. 보통은 생각하지 않을, 작전이라고 할 수도 없는 작전이었다.

내가 땅을 들어 올리면서 눈앞에 있던 【봉마의 숲】은 도려낸 만큼 푹 파인 형태가 되어 사라졌다.

칼집을 비스듬히 냈기에 도려낸 땅은 사각뿔 모양이 되었는데, 가장 깊은 곳은 수십 미터는 될 것 같았다.

"으음…… 무게가 안 느껴지는데……."

그렇게 파낸 【봉마의 숲】 일부를 들고서 나는 중얼거렸다.

사각뿔의 끝부분을 오른쪽 손바닥에 올려 봤지만 아무런 무게도 느껴지지 않았다. 어이, 진짜냐고.

크기가 워낙 커서 정말로 하진 않을 거지만, 이거 손가락 끝에 올려도 무게가 안 느껴질 것 같다……. 내 몸은 언제부터 이렇게 된 거지.

『…….』

내 몸이 너무 터무니없어서 멍해져 있는데 불현듯 시선이 느껴져서 그쪽을 보았다. 문지기들과 정문이 눈을 크게 뜨고 입을 쩍 벌리고 있었다. 그야 그렇겠지! 저지른 나도 똑같은 심경이야!

하지만 이대로 계속 들고 있을 수도 없기에 나는 큰 목소리로 문지기 아저씨에게 물었다.

"실례합니다~! 이 근처에 바다가 있다고 들었는데 어느 쪽에 있나요~?!"

"……저, 저쪽……?"

"감사합니다~!"

완전히 넋이 나간 상태로도 머뭇머뭇 어떤 방향을 가리킨 바르샤 제국의 병사들에게 고맙다고 인사하고서 나는 【봉마의 숲】을 들고 그 방향으로 이동하기 시작했다.

옮기는 물건이 물건이다 보니 그 크기에 주위 나무들이 쓰러졌지만…… 뭐, 어떻게든 되겠지!

◆ ◆ ◆

『…….』

의기양양하게 한 손에 【봉마의 숲】을 들고 떠나는 세이이치를 바르샤 제국의 문지기와 정문은 아연히 배웅할 수밖에 없었다.

눈앞에서 순식간에 벌어진 일을 두뇌가 쫓아가지 못했다.

세이이치의 모습은 보이지 않게 됐는데 세이이치가 들고 있는 【봉마의 숲】 일부가 멀리 보였고, 지금도 계속 이동하고 있었다.

한동안 그 광경을 영문도 모른 채 바라보고 있었지만, 마침내 문지기 한 명이 정신을 차렸다.

운 좋게도 그 사람은 문지기들을 통솔하는 자였기에 즉각 명령을 내렸다.

"헉?! 어, 어이! 지금 당장 성으로 달려가서 리엘 님…… 아니, 폐하께 이 소식을 전해!"

"소, 소식을 전하라고 해도…… 뭐라고 전해야 하죠?!"

"그건…… 나도 몰라!"

"네에?!"

"하지만 그렇잖아?! 이걸 어떻게 전하라는 거야!"

"그럼 대장님이 전해 주세요!"

"말도 안 되는 소리 마! 눈앞에서 손님이 갑자기 날아오르나 싶더니 난데없이 땅에 거대한 칼집이 생기고, 그걸 손님이 들어 올려서 그대로 들고 갔다는 말을 어떻게…… 음, 내가 말해 놓고 이해가 안 가는군! 좋아, 이만 잘까! 우리는 감당 못 할 일이야!"

"자, 자면 안 되죠! 카이젤 제국의 병사가—."

"그 병사들까지 함께 들고 간 것 같아."

"……."

대장의 말에 부하는 세이이치가 도려낸 곳을 말없이 보았다. 확실히 카이젤 제국의 병사는 보이지 않았다.

"—자죠!"

"그래!"

더 생각하기를 포기한 문지기들은 후련한 마음으로 업무

도 포기했다.

하지만 역시 전원 돌아갈 수는 없기에 정문과 함께 병사 몇 명이 남았다.

그래도 문에서 대기하던 병사 대부분은 눈앞에서 일어난 믿을 수 없는 일에 정신적으로 피곤해져서 돌아갔다.

그러나 일단은 최후의 책임으로서, 어떻게 전하면 좋을지 모르겠지만, 돌아가기로 한 병사들도 조금 전 일어난 일을 리엘에게 전하기 위해 성으로 이동을 개시했다.

◆ ◆ ◆

"오, 정말로 바다잖아."

문지기 아저씨가 가르쳐 줘서 무사히 숲을 빠져나온 나는 눈앞에 펼쳐진 바다를 보고 고개를 끄덕였다.

"좋아, 일단 여기서 멀리 떨어진 곳에 대충 띄워 두면 못 오겠지."

바로 『공왕의 부츠』 효과를 사용해 하늘로 떠올라서 그대로 바다 저편으로 이동했다. 하지만 걸어가면 언제 돌아올 수 있을지 알 수 없기에, 들고 있는【봉마의 숲】일부에 영향이 가지 않을 정도로 가볍게 달려갔다.

그리고 역시 내 신체 능력은 이해할 수 없는 수준이 되어 있었다. 한 발짝 뗐을 뿐인데 풍경이 바뀌었고, 뒤돌아보니 조금 전까지 있었던 육지가 보이지 않았다. 응, 새삼스럽지.

그래도 아직 부족하다고 느껴서 바다 위를 달려가다 보니 뭔가 꺼림칙한 기운이 감도는 바다가 나왔다.

눈에 보일 만큼 거대한 소용돌이가 여러 개 존재했고, 어째선지 그곳에만 폭우가 쏟아지며 벼락이 치고 있었다.

심지어 소용돌이들 한복판에는 처음부터 준비되어 있었던 것처럼 딱 내가 들고 있는【봉마의 숲】일부가 들어갈 만한 고요한 해면이 있었다.

"응, 저기 두면 되겠다."

딱 보기에도 이【봉마의 숲】일부를 놓아 달라는 듯한 공간이니 말이지. 실제로 이걸 위해서 준비된 건 아니겠지만, 이왕 찾았으니까.

【봉마의 숲】일부를 그곳에 천천히 내려놓으니 정말로 소용돌이 군집의 중앙에 딱 들어맞았다.

"오오, 굉장해."

너무 깔끔하게 들어맞아서 감탄하며, 슬슬 아멜리아도 일어날 테니 돌아가기로 했다.

"뭐, 여기라면 바르샤 제국까지 못 오겠지."

마지막으로 한 번 더【봉마의 숲】일부를 보니, 뭔가 불온한 기운을 풍기는 거대한 용의 꼬리 같은 것과, 내가 들고 온【봉마의 숲】만큼 크지는 않으나 그에 버금가는 거대한 물고기의 그림자가 주변 소용돌이에서 보였다.

"……응, 돌아가자."

저기서 어떻게 빠져나올지는 모르겠지만 힘내세요. 카이젤 제국의 병사는 다들 『초월자』라고 했으니 어떻게든 되겠지. 목재는 잔뜩 있고, 배 정도는 만들 수 있지 않을까.

"여기서는 마법을 쓸 수 있겠지만……."

이제 【봉마의 숲】이 근처에 없으니 전이 마법을 사용해서 사리아 곁으로도 돌아갈 수 있지만…….

"뭐, 아멜리아한테 인사도 안 했고, 파낸 숲을 어떻게든 해야지."

그런고로 얌전히 바르샤 제국에 돌아가기로 했다.

하지만 나올 때는 문으로 나왔는데 갑자기 뿅 나타나면 깜짝 놀랄 테니까, 전이 마법으로는 【봉마의 숲】을 나와서 바다가 보였던 바로 그 앞까지만 이동하는 게 좋겠지.

그렇게 정한 나는 바로 전이 마법을 발동시켜서 【봉마의 숲】과 바다가 보이는 곳까지 무사히 돌아갔다.

불합리한 결말

그건 갑작스러웠다.

"읏?! 뭐, 뭐야?!"

카이젤 제국 제1부대 대장 오리우스 펜서는 돌연 주변을 덮친 충격에 벌떡 일어났다.

오리우스는 어젯밤 기분 좋게 술을 마시고 그대로 자고 있었는데, 그런 그가 순식간에 벌떡 일어날 만한 충격이 카이젤 제국의 병사들을 덮친 것이다.

심지어 그 충격은 한 번으로 끝나는 게 아니라 두 번, 세 번 이어졌고, 마지막으로 조금 약한 충격이 찾아왔다.

"무, 무슨 일이 일어난 거야?!"

"저, 적의 습격인가?!"

"어이어이, 아침 댓바람부터 뭐야!"

다들 과음하여 둔해진 몸을 필사적으로 움직여서 정보를 모으려고 했다.

하지만 그 움직임은 통솔되어 있지 않아서 이대로 있으면 점점 혼란에 빠질 것이 눈에 보였다.

"일단 진정하고 내 지시를 따르도록!"

그런 상황에서 오리우스가 외쳤고, 그 목소리에 병사들은 이내 침착함을 되찾았다.

“어떻게 된 건지 모르겠지만, 조금 전의 충격은 다들 느꼈겠지? 방금 그 충격이 뭔지도 모른 채 진군할 순 없어. 1소대부터 3소대까지는 동쪽을, 4소대부터 6소대까지는 서쪽을, 7소대부터 9소대까지는 북쪽을, 그리고 나머지는 남쪽을 탐색하고 와라! 일단 두 시간 후에 이곳에서 집합한다!”

『예!』

대답만큼은 잘하는 제1부대 병사들은 각 소대로 나뉘어서 오리우스가 지시한 방향으로 탐색을 개시했다.

다만 그 움직임은 역시 둔중하여 숙련도가 별로 높아 보이지는 않았다.

그래도 지금의 제1부대 병사들에게는 아무런 문제도 되지 않았다.

“……뭐, 이 충격이 마물이나 바르샤 제국의 병사에 의한 것이더라도 우리한테는 힘이 있어. 『초월자』는 한 명만 있어도 위험한데 우리는 전원 초월자니까. 어쨌든 지금은 아까 그 충격의 정체를―”

거기까지 말했을 때, 마치 누군가가 땅을 들어 올린 것처럼 지면이 크게 흔들렸다.

흔들린 건 잠깐이었지만 확실하게 흔들렸기에 오리우스는 넘어지고 말았다.

"뭐, 뭐야, 젠장!"

땅에 엎어져 흔들림을 경계했으나 다시 흔들릴 것 같지는 않았다.

그 자세로 주위를 둘러봐도 어딘가 달라진 모습은 보이지 않았다.

"젠장…… 어제까지 이런 일은 없었을 텐데! 대체 무슨 일이 벌어지고 있는 거야……!"

어떻게든 일어나 주위를 경계했지만 역시 아무것도 없었다.

"뭐가 뭔지 모르겠네……."

그렇게 말하자 이번에는 땅이 흔들리는 게 아니라 느닷없이 폭우와 벼락이 하늘을 뒤덮었다.

"어떻게 된 거냐고오오오오오오오오!"

갑자기 쫄딱 젖게 되어 서둘러 야영 텐트를 준비하려고 했지만, 비가 너무 거세서 시야가 확보되지 않아 텐트를 잘 세울 수 없었다.

"제기랄, 제기랄, 제기랄! 왜 내가, 왜 내가아아아아아아!"

물에 빠진 생쥐 꼴로 필사적으로 세운 텐트에 굴러 들어간 오리우스는 젖어서 무거워진 갑옷과 옷을 벗어 버렸다.

"으으…… 추, 추워……."

비를 맞기도 했지만, 엄청난 추위에 몸이 얼어붙을 것 같았다.

이때는 이미 세이이치가 소용돌이 군집의 중심에 오리오

스가 이끄는 제1부대와 【마신교단】의 『사도』가 있는 【봉마의 숲】 일부를 바다에 띄운 상태였다.

그리고 세이이치는 전혀 눈치채지 못했지만, 사실 이 소용돌이 주변의 기후는 극단적으로 추워서 평범하게 옷을 입고 있어도 쌀쌀함을 느낄 정도였다.

그런 곳에서 쫄딱 젖은 탓에 오리우스의 몸은 매우 차가워져 있었다.

"내, 내가 왜 이런 일을……."

불을 피우고 싶어도 주위에 있는 나무는 비 때문에 젖어 버려서 제대로 불이 붙지도 않았다.

【봉마의 숲】에서는 마법도 쓸 수 없기에 불을 피울 수단이 거의 없었다.

현재 일어나고 있는 일들의 원인을 알 수 없어서 그저 덜덜 떨며 부하들이 돌아오길 기다리고 있으니 한 병사가 필사적인 형상으로 돌아왔다.

"대, 대장님!"

"무슨 일이지? 뭔가 알아냈나?!"

"그, 그것이……."

마찬가지로 쫄딱 젖어서 추워 보이는 부하가 그것조차 무시하고, 있는 그대로 사실을 보고했다.

"어떻게 된 일인지…… 저희는 지금 바다 위에 있습니다!"

"뭐?"

오리우스는 부하가 무슨 소리를 하는지 이해할 수 없었다.

"바다…… 바다라고?! 말도 안 되는 소리! 우리는 바르샤 제국 앞에 있는 【봉마의 숲】에 있었어! 마법을 쓸 수 없는 걸 보면 그건 틀림없어!"

"하, 하지만 숲을 빠져나가면 곧장 바다가 펼쳐져 있습니다! 심지어 강력한 소용돌이에 둘러싸여 있습니다!"

"무슨 소리냐?!"

부하가 아무리 필사적으로 말해도 오리우스는 그 말을 믿을 수 없었다.

—그렇게 말하는 부하가 한 명뿐이었다면 믿지 않았을 것이다.

"—대, 대장님!"

"뭐냐?!"

다른 방향을 탐색한 소대의 병사가 역시나 쫄딱 젖어서 초조한 모습으로 보고했다.

"바, 바다입니다! 저희는 지금 바다 위에 있습니다!"

"어, 어째서어어어어어어어어!"

원래 카이젤 제국의 병사들이 진지를 구축한 곳에서 바다까지는 아무리 『초월자』라고 해도 한두 시간 만에 갈 수 없었다. 심지어 그게 왕복이라면 더더욱.

하지만 병사들은 두 시간도 채 지나지 않아 돌아와서 바다가 있다고 보고하고 있었다.

오리우스는 뭐가 어떻게 된 건지 알 수 없었다.

"어, 어떻게 된 거야?! 우리한테 무슨 일이 일어난 거야?!"

아무리 필사적으로 답을 찾아도, 돌아오는 부하들은 「바다가 있다, 소용돌이가 있다」라는 말만 했다.

그런 말들을 듣다가 마침내 버틸 수 없게 된 오리우스는 돌아온 병사들에게 명령했다.

"못 해 먹겠군! 다들 지금 당장 돌아갈 준비를 해! 알았나? 지금 당장이다!"

"네!"

명령받은 병사들은 서둘러 짐을 챙겼고, 그러는 사이에 나머지 병사들도 돌아와서 각자 정리한 짐을 짊어졌다.

"그래. 돌아가자…… 돌아가면 돼……. 그러면 전부 똑같아……."

추운 데다가 상황도 이해할 수 없어서 냉정함을 잃은 오리우스는 병사들을 데리고 이동하기 시작했다.

그리고—.

"말……도…… 안 돼……."

눈앞에 펼쳐진 바다를 보고 무릎을 꿇었다.

숲을 빠져나왔다고 생각한 순간, 모래사장도 없이 바로 바다라는 이해할 수 없는 광경이 앞에 있었다.

돌아가는 길일 터인 초원은 없고 소용돌이가 세찬 소리를 내고 있었다.

“대, 대장님, 저기!”
“어?”
부하가 가리킨 곳으로 멍하니 시선을 돌리자 소용돌이 따위 개의치 않는 모습으로 어떤 마물이 나타났다.
그것은 세이이치가 도려낸【봉마의 숲】일부를 가볍게 몸으로 한 바퀴 감을 수 있을 만큼 거대한 푸르스름한 용이었다.
“아, 아아…….”
심지어 그 용은 한 마리가 아니었다.
“크르르르르…….”
“크아아아아!”
“그으으아아아!”
소용돌이치는 바다 곳곳에서 용의 얼굴과 꼬리가 보였다.
오리우스는 창백해진 얼굴로 눈앞에 있는 용들을『감정』했다.
그러자―.

『해룡왕 Lv: 1332』

『…….』
다들 아무 말도 못 하고 그저 멍하니 서 있을 수밖에 없었다.
강해져서 이제 적수가 없다고 생각했던 오리우스도 레벨

은 500을 조금 넘긴 정도였다.

그보다 두 배 이상 높은 레벨을 자랑하는 마물이 여러 마리.

게다가 주위에는 세찬 소용돌이가 있어서 애초에 이 섬을 나갈 수 있을지도 알 수 없었다.

섬을 나가더라도 눈앞의 용을 어떻게든 하지 않으면 절대 돌아갈 수 없다.

그리고 돌아갈 희망이기도 한 전이 마법은— 이곳에서는 쓸 수 없었다.

"아, 아아…… 아아아아……!"

너무나도 불합리한 현실에 오리우스와 다른 병사들의 마음은 완전히 꺾여 버렸다.

◆ ◆ ◆

"이상해…… 이상하다고……! 대체 무슨 일이 벌어진 거야?!"

카이젤 제국의 병사들이 흔들림의 원인을 조사하고 있을 때, 마찬가지로 카이젤 제국의 진지 근처에 있었던 【마신교단】의 『사도』도 같은 이유로 당황하고 있었다.

"왜지. 뭐가 어떻게 됐길래 눈앞에 바다가 있는 거냐고! 나는 바다 쪽으로 오지 않았어!"

오리우스 부대처럼 정보를 수집하기 위해 원래 바다가 있는 방향과는 반대로 왔을 텐데 어째선지 눈앞에 바다가 있었다.

"크! 최악이야……. 【전이 보옥】을 안 가져왔어……. 이곳에서는 전이 마법도 못 쓰고……."

데스트라만 있으면 바르샤 제국을 확실하게 혼란과 절망에 빠뜨릴 수 있을 거라고 생각했기에 【전이 보옥】 같은 전이계 아이템은 하나도 가져오지 않았던 것이다.

"……뭐, 좋아. 아이템을 쓸 수 없다면 자력으로 돌아갈 수밖에."

폭우 때문에 시야가 확보되지 않는 가운데, 사도는 그렇게 정했다.

실제로 마법도 못 쓰고 이동 스킬도 쓸 수 없는 지금, 수영하거나 배를 만들어서 이동할 수밖에 없었다.

"저 소용돌이가 꽤 성가시지만, 저것만 넘어가면—."

"크오오오오오오오오오!"

사도의 말을 막듯 눈앞의 바다에서 유영하는 해룡왕이 울부짖었다.

"……."

심지어 한 마리만 있는 게 아니라 여러 마리가 그 울음을 이어받는 형태로 소리를 냈다.

그 광경을 본 사도는 머리가 새하얘졌다.

"허? 뭐, 뭐가 어떻게 된 거야? 저 마물은 뭐야? 저런 마물이 왜 몇 마리씩? 허어?"

너무나도 불합리한 현실을 마주한 사도는 마침내 현실에서 도피하기 시작했다.

"이, 이건 꿈이야. 그래, 틀림없어. 그게 아니라면 저런 전설급 마물이 판치는 바다가 갑자기 나타날 리 없잖아. 으하, 으하하. 아하하하하하."

사도는 실성한 것처럼 웃었고, 현실을 외면하듯 눈을 감았다.

◆ ◆ ◆

"오, 문이 보이기 시작했다."

【봉마의 숲】 일부를 파내서 바다에 버리고 온 나는 딱히 마물에게 습격받는 일도 없이 무사히 바르샤 제국에 돌아왔다.

"오오, 역시 이렇게 보니까 상당히 넓은 범위를 파냈네."

그리고 구멍이 뻥 뚫린 것처럼 파인 제도 앞을 보고 머리를 긁적였다.

"응, 역시 원래대로 되돌려야겠지. 【봉마의 숲】의 모든 나무가 없어진 건 아닌데 마법을 쓸 수 있으려나?"

완전히 계획 없이 행동하고 있기에 그렇게 새삼 걱정하고 있으니 머릿속 안내 방송이 대답해 줬다.

『희미하지만 마력이 감돌고 있으니 괜찮습니다.』

"오, 그런가. 그럼 괜찮겠네."

이제 안내 방송과 대화하는 것에도 익숙해져 버린 나는 그 대답에 만족하며 정문으로 향했다.

그러자—.

"어떻게 된 거야아아아아아아아아!"

"넵?!"

정문에 도착하자마자 문지기에게 말을 걸 새도 없이 문이 열리더니 아멜리아가 내 멱살을 잡았다.

"어째서! 눈앞에! 【봉마의 숲】이! 없는 건데?!"

"어어, 그게……."

"아무 말 안 해도 돼. 병사에게 전부 들었으니까……! 대체 왜 숲의 일부를 도려내자고 생각한 거야?! 그보다 왜 도려낼 수 있는 거야?!"

"도려낼 수 있어서 도려낸 건데……."

"그게 이해가 안 된다는 거야아아아아아아아아!"

아멜리아가 머리를 싸매고 그렇게 외쳤다. 뭔가 죄송합니다.

원래는 아멜리아가 자는 동안 숲도 원래대로 되돌릴 생각이었지만, 역시 그렇게 요란하게 움직이면 병사가 보고하러 가겠지.

필사적으로 눈앞의 현실을 처리하려고 하는 아멜리아 뒤에서 리엘 씨와 스인 씨가 죽은 눈으로 이야기하고 있었다.

"……스인. 내 상식이 점점 부서지고 있어."

"……별난 우연도 다 있네. 나도 그래."
"들었어? 도려낼 수 있어서 도려냈대."
"응, 들었어. 보통 숲은 도려낼 수 없는데 말이지."
"아니, 애초에 도려낼 생각도 안 해."
"하지만 했네."
"……역시 비상식의 결정체야. 아니, 신이야. 응, 나는 그렇게 생각하기로 했어. 그렇게 생각하지 않으면 못 버텨. 저런 존재를 똑같은 인간이라고 하면 인간에게 실례야."
"그렇게까지 말할 필요는 없잖아요!"
이번만큼은 비상식의 결정체라든가 보통이 아니라는 말을 들어도 별수 없다고 생각하지만, 인간에게 실례라고 하는 건 나한테 실례잖아! 일단 내 종족은 『인간』이라고!
그렇게 힘껏 태클을 걸자 뭔가를 알아차린 아멜리아가 다시 내 멱살을 잡았다.
"그보다 무슨 짓을 한 거야?! 여기 있던 숲이 카이젤 제국의 병사들을 막아 주고 있다고 했잖아……! 왜 도려낸 거야?!"
"어어…… 애초에 【봉마의 숲】을 파내고 싶어서 파낸 게 아니라, 카이젤 제국의 병사들과 【마신교단】의 『사도』를 둘 다 동시에 어떻게든 처리할 수 없을까~ 하고 나름대로 생각한 결과, 그 둘이 있는 곳을 파내서 바다에 버리기로 한 거라……."
"어쩌지. 네가 무슨 말을 하는지 하나도 모르겠어."

마침내 아멜리아도 리엘 씨처럼 죽는 눈으로 나를 보았다.

"그게 정말로 가능하다고 생각한 거야?"

"가, 가능하더라고요……."

"어째서?!"

아니, 내가 묻고 싶어. 진짜 왜 가능한 거지. 왠지 할 수 있을 것 같다는 생각이 들긴 했지만, 실제로 해 보고 나도 깜짝 놀랐다니까.

"이상해…… 어? 내가 이상한 거 아니지? 어라? 혹시 다들 숲 일부를 도려내거나 그걸 옮길 수 있는 거야? 아, 가능할 것 같다는 생각이 들기 시작했어!"

"폐하아아아아아! 고정하십시오……! 무리입니다. 저희는 못 합니다! 애초에 인류는 아무리 발버둥 쳐도 무리입니다!"

"그, 그래? 하지만 세이이치는 할 수 있었다잖아? 응, 의외로 가능하지 않을까? 우리가 안 해서 그렇지."

"폐하아아아아아아아! 큭! 네 이노오오오옴! 네놈 때문에…… 폐하께서 네놈의 비상식이 상식이라고 생각하시게 됐잖아아아아아아!"

"아니, 실제로 가능하지 않을까요?"

"가능하겠냐!"

그렇겠죠. 알고 있었습니다.

그런 대화를 나누는 나와 리엘 씨 옆에서 스인 씨가 어떻게든 아멜리아를 정신 차리게 했는지, 아멜리가 머리를 흔들며 다시 내게 말했다.

"위, 위험하네……. 너랑 있으면 내 상식이 무너져……. 아무튼 너무나도 불합리하고 비상식적인 네 행동에 깜짝 놀라서 생각을 못 했는데, 혹시…… 이제 카이젤 제국과 【마신교단】을 상대하지 않아도 되는 거야……?"

""아.""

아멜리아의 말에 리엘 씨와 스인 씨, 그리고 주위에서 돌아가는 상황을 지켜보던 병사들이 눈을 크게 뜨고 굳어서 나를 바라보았다.

"네. 그렇게 되죠."

『…….』

다들 침묵했다. 어라?

마침 정문으로 나온 나무가 눈앞의 광경을 보고 눈이 휘둥그레지더니 크게 웃기 시작했다.

"풉…… 아하하하하하! 세, 세이이치 님! 대체 뭘 하면 이런 광경이 펼쳐지는 건가요?!"

"어어…… 카이젤 제국도 【마신교단】도…… 덤으로 【봉마의 숲】도 짜증 나니까 바다에 버리자 싶어서……."

"아하하하하하하하하하하하하하하!"

내 설명에 빵 터졌는지 나무는 몸을 비틀며 웃었다.

"괴, 굉장해……! 제, 제가 부탁하려고 한 걸…… 이, 이런 영문 모를 방법으로 해결하다니……! 배, 배 아파요……. 나무라서 정확히 말하면 배는 없지만요……!"

"아, 맞다. 어제 네가 나한테 뭔가 말하려고 했던 것 같은데, 무슨 말을 하려던 거였어?"

생각났기에 잊어버리기 전에 묻자 나무는 여전히 웃으며 대답했다.

"별말은 아니고…… 그, 그저, 카이젤 제국과 【마신교단】을 어떻게든 해 달라고…… 그렇게 부탁할 생각이었습니다."

"뭐?"

"그렇잖아요? 세이이치 님의 회복약과 회복 마법으로 병사분들은 회복됐습니다. 하지만 그렇게 다치게 된 원인인 카이젤 제국을 어떻게든 하지 않으면 문제는 해결되지 않습니다. 그래서 세이이치 님에게 그걸 부탁하려고 했는데…… 설마 말하기도 전에…… 그, 그것도…… 이, 이런 방법으로…… 아하하하하하하하!"

다시 빵 터진 나무는 더는 못 참겠는지 데굴데굴 구르며 웃었다. 진짜 사람 같은 나무네!

하지만 나무가 말한 대로, 내가 생각하기에도 좀 그런 방법이었기에 아무런 대꾸도 할 수 없었다.

그러자 조용히 있던 아멜리아가 어색하게 웃었다.

"그, 그렇게나 절망적인 상황에서 다 같이 각오를 다졌는데…… 각오한 의미가……."

"나, 애인에게 죽을지도 모른다고 말하고 왔어……."

“나는 신변 정리 차원에서 가족에게 전 재산을 양도해 버렸어…….”

“바보들아. 나는— 뭘 할 상대가 없었어…….”

“““슬픈 소리 하지 마!”””

다들 뭐라 말할 수 없는 표정으로 대화하고 있으니 스인 씨가 아멜리아에게 말했다.

“폐하, 일단 기뻐하죠!”

“어?”

“이유와 과정이 어찌 됐든, 저희는 이렇게 상처 없이 승리할 수…… 응? 승리? 아, 아무튼! 싸우지 않고 끝났으니 지금은 기뻐해야죠!”

“그렇지…… 그래, 맞아!”

스인 씨의 말에 다시 눈에 생기가 돌아온 아멜리아는 몸을 돌려 병사들과 문 너머에 있는 사람들이 들을 수 있도록 크게 외쳤다.

“모두 들으라아아아아아아아! 지금 이 순간! 전쟁은 종결했다! 우리의…… 승리다아아아아아아아아아!”

『오오오오오오오오오오오오오오오!!!』

일제히 함성이 일었다.

무사히 승리했다는 실감이 들기 시작했는지 병사들은 눈물을 글썽거리며 얼싸안고 살아 있는 기쁨을 마음껏 표현했다.

“세이이치 공.”

"응?"

그런 병사들을 바라보고 있으니 아멜리아가 격식을 차려 나를 불렀다.

"이번에 그대가 없었다면 이런 행복한 결말은 맞이하지 못했을 것이다. 정말로…… 정말로 고맙다……!"

그렇게 말하고서 아멜리아는 머리를 숙였다.

그 행동에 흠칫 놀라고 있으니 역시나 리엘 씨가 황급히 아멜리아에게 달려왔다.

"폐, 폐하! 그렇게 간단히 머리를 숙이시면 안 됩니다!"

"리엘. 여기서 머리를 숙이지 않는다면 언제 숙이겠어? 만약 숙이지 않는다면 그런 머리는 필요 없어."

"그건……."

"너도 세이이치 공에게 폐를 끼쳤으니 제대로 사과해."

"……네."

그렇게 대답한 리엘 씨는 멋쩍은 표정으로 내게 고개를 돌렸다.

"그…… 귀공을 심하게 매도한 것을 사과하겠소. 세이이치 공에게는…… 정말 큰 도움을 받았소. 고맙소."

"나도. 이렇게 병사들과 폐하, 그리고 리엘과 함께 있을 수 있는 건 네 덕분이야. 고마워."

리엘 씨뿐만 아니라 스인 씨도 내게 머리를 숙였다.

"""세이이치 니이이이이임!"""

"어?!"

아멜리아와 리엘 씨에게 대응하는 것만으로도 벅찬데 또 나를 부르는 소리가 들려서 그쪽을 보니 많은 병사가 늘어서서 나를 보고 있었다.

"당신 덕분에 저희는 다시 가족을 볼 수 있습니다!"

"저도 애인과 만날 수 있습니다!"

"나는…… 없었어……."

""""너는 잠깐 입 다물고 있어!""""

안타까워지는 사람도 한 명 있지만, 다들 내게 그렇게 말하고 일제히 머리를 숙였다.

""""정말로 감사합니다아아아아아아!""""

"……."

나는 그저 두고 볼 수 없었다고 할까, 못 본 척할 수 없어서 행동했을 뿐, 딱히 사례를 바란 건 아니었다.

하지만 이렇게 기뻐해 주니까…… 도움이 되어서 다행이라는 생각이 들었다.

그런 우리를 보고 있던 아멜리아는 문득 생각났다는 모습으로 내가 도려낸 곳을 보았다.

"그러고 보니…… 이 땅은 어쩌면 좋지……."

『아…….』

다들 「진짜 어쩌지」 하는 반응이었지만 그건 걱정하지 않아도 됐다.

"괜찮아. 원래대로 되돌릴 거야."

"뭐?"

"되돌린다고 말은 했어도 【봉마의 숲】의 나무와 똑같지는 않겠지만……."

"으음…… 무슨 소리를―."

직접 보여 주는 편이 빠를 것 같아서 나는 일단 땅 마법을 발동시켰다.

그러자 내가 파낸 땅의 상공에 거대한 흙덩어리가…… 내가 파낸 부분과 똑같은 양의 흙덩어리가 나타났다.

그걸 그대로 땅에 떨어뜨리고 마법으로 깔끔하게 지면을 골랐다.

"그리고 여기에 식물."

거기다 마법으로 적당한 식물을 심고 잘 배치했다.

"……이렇게 해 봤는데 어때?"

『…….』

돌아보니 다들 턱이 빠질 듯 입을 쩍 벌렸다.

그리고―.

『으에에에에에에에에에에에에에에에엑?!』

"아하하하하하하하하하하하하하하하하하!"

모두의 절규와 나무의 웃음소리가 울려 퍼졌다.

헬렌의 귀향

"하아! 하아!"

세이이치가 바르샤 제국으로 날려지고, 남은 일행끼리 데스트라를 국왕 란젤프에게 넘긴 후, 헬렌은 뛰쳐나가듯 테르베르를 떠났다.

현재 다른 나라로 넘어가는 마차는 없어서, 이용할 수 있는 건 국내를 이동하는 마차뿐이었다.

그 원인은 역시 전 세계를 침략한 카이젤 제국 때문이었다.

물론 카이젤 제국이 전쟁을 일으키기 전에는 바르샤 제국까지 가는 마차가 존재했다.

하지만 현재는 이용할 수 없었고, 무엇보다 『초월자』가 된 헬렌 자신의 이동 속도가 마차보다 압도적으로 빨라서 마차를 이용할 이유가 없었다.

"하아…… 하아…… 큭……!"

그래도 원래는 하루 이틀 만에 갈 수 있는 거리가 아니지만, 데스트라를 넘길 때 란젤프가 아량을 베풀어서, 전이 마법을 쓸 수 있는 자가 바르샤 제국 부근까지 헬렌을 데려다줬다.

역시 【봉마의 숲】 안에 있는 바르샤 제국에 직접 전이할 수는 없었으나, 그래도 크게 시간을 단축할 수 있었다. 만약 테르베르에서부터 지금처럼 달려왔다면 가볍게 2주는 걸렸을 것이다.

그만큼 바르샤 제국은 윔블그 왕국과 카이젤 제국이 있는 대륙에서도 변방에 있었다.

게다가 【봉마의 숲】 때문에 주변에 나라가 없어서 무역도 별로 이루어지지 않았다.

전이하여 온 곳에서부터 걸어가면 보통 닷새는 걸릴 거리를 헬렌은 쉬지 않고 달려가 하루 만에 도착하고자 했다.

그리고 지금, 마침내 바르샤 제국이 있는 【봉마의 숲】에 다다랐다.

"하아…… 하아……."

그 숲 앞에서 일단 멈춰 선 헬렌은 숨을 골랐다.

"……언니."

그렇게 작게 중얼거리고서 헬렌은 재차 맹렬히 달리기 시작했다.

하지만 그런 헬렌에게 마물들이 잇따라 달려들었다.

"꾸에에에에에엑!"

"크르아아아아아!"

"샤아아아아아아!"

멧돼지 마물, 늑대 마물, 뱀 마물.

예전이었다면 다소 고전했을 상대도 섞여 있었지만, 지금의 헬렌을 막을 수는 없었다.

"날 방해하지 마아아아아아아아아아!"

세이이치와 던전에서 얻었다……기보다 데스트라한테서 강탈한 단검 두 자루, 『풍인』과 『뇌인』을 휘둘러 순식간에 썰어 버렸다.

"하아, 하아!"

조금이라도 빨리 고향에 가고 싶었다.

강해진 지금, 이번에는 내가 언니를 돕는 거야!

그 일념으로 달려간 헬렌은 도중에 【봉마의 숲】에서 자라는 나무가 아니라 평범한 나무가 자라 있음을 눈치채지 못했다.

그리고—.

"도착했다……!"

숲을 빠져나오자 낯익은 정문과 성벽, 그리고 카냐성이 보였다.

"기다려 줘…… 지금 당장 내가……."

그렇게 말하며 다시 달려가려고 했을 때, 정문 부근에 많은 사람이 있음을 알아차렸다.

"설마?!"

이미 카이젤 제국의 병사가 정문까지 밀어닥친 거야?!

그런 절망적인 생각이 일순 머릿속을 스쳐서 즉각 달려갔다.

……그리고 헬렌이 상상했던 광경과는 다른 광경이 눈에 날아들었다.

"어…… 어라……?"

점점 가까워질수록 정문에 있는 사람들이 보였는데, 어딜 어떻게 봐도 카이젤 제국의 병사 같지 않았다.

오히려 헬렌이 경애하는 언니와 그 측근들의 모습이 보였다.

"대, 대체 어떻게 된 거야?"

자세히 보니 다들 조금 지친 것 같긴 하지만 웃고 있었고, 상처라고 할 만한 것도 전혀 입지 않은 모습이었다.

더더욱 영문을 알 수 없어서 혼란스러워하고 있으니, 모여 있던 사람 중 한 명이 마침내 그런 헬렌을 알아차렸다.

"아, 어이! 저기에!"

"응?"

"아!"

"헬렌?!"

그러자 그 집단 속에 있던 헬렌의 언니— 아멜리아가 눈을 크게 떴다.

그리고 눈이 휘둥그레진 것은 헬렌도 마찬가지였다.

"세, 세이이치 선생님?!"

"아, 헬렌. 던전은 잘 마무리했어?"

세이이치는 헬렌만큼 놀란 기색도 없이 평범하게 인사해 왔다.

"잘 마무리하긴 했지만…… 왜 당신이 여기 있는 거야?!"

헬렌은 정문 앞으로 다가왔고 그 기세를 몰아 세이이치에게 따져 들었다.

하지만 다른 존재가 그것을 저지했다.

"헬렌! 왜 네가 여기 있어?!"

"어, 언니!"

"언니?!"

헬렌을 와락 안은 아멜리아와 헬렌의 말에 세이이치는 놀라서 외쳤다.

하지만 그런 세이이치에게는 눈길도 주지 않고 두 사람은 그저 부둥켜안고 있었다.

"언니…… 다친 데는? 다친 데는 없어?"

"그건 괜찮지만…… 너야말로 왜 여기 있어? 뛰쳐나간 뒤로 전혀 돌아오지 않았으면서……."

"그, 그건……."

아멜리아의 질문에 헬렌은 말을 잇지 못했다.

그러자 그런 두 사람을 보고 있던 리엘이 제안했다.

"두 분 모두 재회하여 기쁘시겠지만 일단 안으로 들어가시죠. 이제 카이젤 제국과 【마신교단】을 걱정할 필요가 없긴 해도 마물은 있으니까요."

"그래, 맞는 말이야."

"아, 알았어……. 근데 세이이치 선생님은 왜 있는 거야?!"

"이야~ 나도 깜짝 놀랐어. 하하하."

머리를 긁적이며 웃는 세이이치에게 헬렌은 아무 말도 할 수 없었다.

하지만 리엘이 말한 대로, 이렇게 밖에 있어 봤자 별수 없었다. 다들 문지기만 세워두고 일단 안으로 들어갔고, 각자 자신의 집으로 돌아갔다.

세이이치와 헬렌은 카냐성에 초대받았는데, 성으로 가면서 세이이치는 바르샤 제국에 오게 된 경위를 설명했다.

"즉, 그 수정이 깨지면서 날려진 곳이 이 바르샤 제국이었다는 거야?"

"뭐, 그런 거지."

"그러는 헬렌과 세이이치 공은 무슨 사이야? 아까 선생님이라고 했는데……."

"아, 그게…… 내가 다니던 학교의 선생님이었어."

"그렇다고는 해도 잠시뿐이었지만."

세이이치는 그렇게 말하며 웃었고, 리엘과 스인은 감탄하며 고개를 끄덕였다.

"그렇군…… 세이이치 공이 선생님이었다면 필시 강의도 훌륭했겠지."

"맞아. 어떤 수업을 했을지 궁금할 정도야."

"……당신 대체 무슨 짓을 한 거야?"

"어째서 무슨 짓을 했다고 단정 짓는 거야?!"

헬렌이 어이없다는 눈으로 노려봐서 세이이치는 저도 모르게 태클을 걸었다.

그러는 사이에 카냐성에 도착하여 아멜리아의 방에 가게 된 일행은 거기서 자세한 이야기를 나누게 되었다.

헬렌과 아멜리아가 나란히 앉고, 탁자 건너편에 세이이치가 앉았다.

리엘과 스인은 아멜리아 뒤에 시립했다.

"그래서? 어떻게 된 건지 설명해 줄 거지?"

"으음…… 설명하라고 해도 뭘 설명하면 좋을지."

"전부 설명해, 전부!"

"아, 넵."

사나운 일갈에 순순히 고개를 끄덕인 세이이치는 일단 숲으로 전이된 이후의 일을 이야기하기 시작했다.

"처음에는 어디로 날려졌는지도 알 수 없었고, 게다가 마법도 못 써서 귀찮은 곳이라고 생각했는데, 그러다 뭔가 징그러운 애벌레 대군에게 쫓겨서 도망치다가 절벽에서 떨어졌어."

"벌써부터 평범하지 않은데?"

처음부터 평범하지 않은 일을 겪는 세이이치를 보고 헬렌은 이마를 짚었다.

"떨어진 곳에서 물소리가 들려서 그쪽으로 갔고…… 거기서 목욕 중이던 아멜리아를 만난 거야."

"내가 잊어버리라고 했을 텐데?!"

"설명해야 하니까 어쩔 수 없잖아!"

티격태격하는 아멜리아와 세이이치 옆에서 헬렌은 재차 머리를 싸맸다.

"왜 그렇게 연속으로 트러블에 휘말리는 거야? 이상하지 않아?"

"헬렌 님…… 헬렌 님도 고생하셨군요……."

"어? 왜 그런 눈으로 봐?"

리엘과 스인이 왜 묘하게 뜨뜻미지근한 눈으로 보는지 이해할 수 없었던 헬렌은 눈썹을 찌푸렸다.

그 후로도 세이이치가 한 일을 들었다. 나무와 대화한 것, 정문에서 있었던 말썽. 최상급 회복약을 대량으로 건넨 것과 결손 부위까지 재생시키는 회복 마법을 나라 전체에 건 이야기.

거기까지 듣고 헬렌은 고개를 끄덕였다.

"응. 역시 세이이치 선생님은 이상해."

"어째서?! 다른 사람을 도왔을 뿐이라고!"

"크게 도움을 받았지만, 저희의 상식 범주를 뛰어넘은 도움이었죠……."

스인의 눈이 아득해졌고, 헬렌은 더더욱 어이없다는 눈이 되었다.

"……당신 이것보다 더 이상한 짓을 한 거야?"

"이것보다 더라니…… 애초에 그렇게 이상한 짓은 안 했는데?"

"어? 진심으로 하는 소리야?"

"정색할 필요는 없잖아!"

헬렌이 무표정으로 물어서 세이이치는 고개를 돌려 외면했다.

그리고 마침내 카이젤 제국의 병사와 【마신교단】의 『사도』가 없는 이유를 설명했다.

"그게…… 카이젤 제국의 병사와 【마신교단】의 『사도』가 있어서 전쟁이 벌어지는 거니까…… 그걸 나름대로 해결할 수 없을까 고민했고, 겸사겸사 【봉마의 숲】도 방해되니까, 카이젤 제국의 병사들과 『사도』가 있는 장소를 통째로 도려내서 바다에 버리기로 한 거야……."

"무슨 말을 하는 건지 모르겠어."

헬렌은 전혀 이해할 수 없었다.

아마 누구도 세이이치의 생각을 이해할 수 없을 것이다. 애초에 왜 그런 생각을 떠올렸는가. 세이이치 말고는 알 수 없는 일이었다.

세이이치가 너무 터무니없는 소리를 해서 혼란스러워하던 헬렌은 이내 어떤 것을 깨달았다.

"어? 그럼…… 혹시 지금 적은 없는 거야?"

"뭐…… 그렇게 되지?"

"……."

아멜리아가 그렇게 대답하자 헬렌은 그대로 입을 다물어 버렸다.

"헤, 헬렌?"

"……내가 강해진 의미가……."

아멜리아가 머뭇머뭇 부르자 헬렌은 그렇게 말하며 탁자에 엎드렸다.

"내가 얼마나 걱정했고, 어떤 마음으로 강해졌는지 알아……?"

"죄, 죄송합니다……."

"헬렌…… 너도 나와 같은 마음이었구나……."

"어? 같은 마음이라니…… 언니도?"

"그래. 상상이 가? 병사들이 다들 만신창이가 되어 당장이라도 죽을 것 같았는데 그걸 순식간에 고치고…… 그래도 패배는 변함없다고 생각했기에 내 목숨과 맞바꿔서라도 모두를 지키려고 했어. 하지만 병사들도 끝까지 함께 싸워 주겠다고 했어……."

"그랬구나……."

"……뭐, 그렇게 결심한 보람도 없이, 정신 차리고 보니까 모든 적을 바다에 버리고 왔다잖아? 어떤 얼굴을 해야 하는 거야……."

"세이이치 선생님……."

"아니, 정말 죄송합니다."

세이이치는 정말로 머쓱해하며 머리를 숙였다.

그러자 헬렌도 아멜리아도 한숨을 쉬었다.

"하아…… 뭐, 세이이치 공에게 화내는 건 도리에 어긋난 일이지. 오히려 감사한 일들뿐이야."

"그렇지…… 이야기를 들어 보니 설령 내가 더 빨리 왔더라도 지키지 못했을 것 같고…… 세이이치 선생님, 정말 고마워."

"어, 응? 처, 천만에?"

갑자기 헬렌이 고맙다고 해서, 세이이치는 미안함을 느끼면서도 피해를 보지 않고 끝나 다행이라고 다시금 생각했다.

그리고—.

"헬렌. 그러고 보니 말을 안 했네."

"응?"

깜짝 놀라는 헬렌을 무시하고 아멜리아가 다정하게 포옹했다.

"어서 와, 헬렌."

"……다녀왔어, 언니."

헬렌도 아멜리아를 다정하게 마주 안았다.

번외 헬렌과 아멜리아

나— 헬렌 로자는 바르샤 제국의 제왕 일족으로 태어났다.

다만 내 아버지는 바르샤 제국을 다스리는 제왕이었지만 어머니는 서민이었다. 그래서 성도 어머니의 성인 『로자』를 쓰고 있다.

하지만 그런 것과는 관계없이 이복 언니인 아멜리아는 나를 잘 챙겨 줬다.

뭘 하든 함께 했고, 언제까지고 이 시간이 계속될 거라고 생각했다.

—아버지가 도망치기 전까지는.

어렸던 나는 아무것도 몰랐지만, 당시 아버지는 악정을 펼쳐서 국민은 늘 굶주리고 있었다.

그렇게 되니 당연히 국민의 반감은 거세졌고, 이윽고 혁명을 일으키기 직전까지 이르렀다.

하지만 혁명은 일어나지 않았다.

아버지는 제왕으로서 악정을 펼쳤으나, 그것 때문에 자신이 망할 것도 알고 있었다.

그래서 국민 앞에 최대한 모습을 보이지 않고 지내다가 악정으로 모은 돈을 챙기고서 사라져 버렸다.

심지어 우리 엄마와 아멜리아의 엄마도 데리고서.

나라의 수장이 갑자기 사라졌다. 국민은 어디에 분노를 터뜨려야 할지 몰라 당혹스러워했고, 타국과의 외교도 포함해 큰 혼란이 벌어지리라 예상되었다.

하지만 그 혼란을 언니가 수습했다.

서민의 피가 흐르는 나와는 달리 언니의 엄마는 귀족 출신이라 제위 계승권은 아멜리아가 가장 높았다.

그렇기에 아멜리아가 소란을 잠재우고 제위에 오르는 것은 자연스러웠지만, 당시 아멜리아는 아직 열 살이었다.

그런데도 언니는 약한 소리도 내뱉지 않고 자신의 직무를 다했다.

아버지 때문에 엉망이 된 나라를 바로 세우고, 악정에서 선정으로 전환하여, 점차 국민의 신뢰를 얻어 나갔다.

……하지만 언니와 달리 어린 나는 그걸 몰랐다.

"왜 나랑 안 놀아 줘?"

"……미안해, 헬렌. 이제 옛날처럼 같이 있을 순 없어."

"어째서?! 쭉 함께할 거라고 했잖아!"

"내게는 나라를 지킬 책임이 있어. 그래서 이제 자유는 없어."

"……읏!"

그러면서 슬프게 웃는 언니를 보니 몹시 화가 났다.

우리를 남기고 사라진 부모님뿐만 아니라, 언니를 추대한 사람들과 국민, 그리고 언니를 옭아매는 바르샤 제국 자체에.

그리고 아직 이해하지 못하고 고집을 부리는 나 자신에게 너무나도 화가 났다.

그 후, 나와 언니의 거리는 점차 멀어졌다.

일단 황족이라 성내의 대우도 특별히 나쁘지 않았기에 교양을 익히며 느긋하게 지냈다.

그러던 어느 날, 호신술을 배우기 시작하면서 나는 한 가지 생각에 이르렀다.

"……그래. 내가 강해지면 언니를 지킬 수 있어."

나도 자신이 얼마나 유치하고 제멋대로였는지 알기 시작했을 때였고, 언니가 얼마나 나를 보호해 줬는지 알게 되었다.

그래서 조금이라도 언니의 부담이 줄도록 공부도 열심히 하고, 내 몸은 스스로 지키기 위해 호신술도 배우기 시작한 것이었다.

하지만 바쁜 언니는 공부할 시간은 있어도 호신술을 배울 시간은 별로 없었다. 그리고 주위에는 소꿉친구인 리엘과 스인도 있어서 굳이 강해질 필요가 없었다. 뭐, 그 외에도 언니만 쓸 수 있는 능력도 있으니, 지금 생각해 보면 쓸데없는 배려였다.

그래도 내가 강해지면 조금이라도 바르샤 제국에 득이 될 거라고 생각한 나는 호신술의 범주를 넘어서서 다양한 유파를 돌았다.

그렇게 전투술을 배우면서, 바르샤 제국에서는 쓸 수 없는 【마법】을 어떻게 습득할 수 없을지 나름대로 이것저것 시도해 보았다. 결과는 참담하여 마법을 쓸 수 있을 듯한 기미는 전혀 보이지 않았다. 물론 【봉마의 숲】의 영향도 있다는 건 알았지만, 회복 마법이라면 【회복의 방】에서 쓸 수 있었다. 만약 회복 마법을 쓸 수 있다면 그건 나라에 큰 힘이 되는 거였다. 그렇게 믿고 훈련을 계속했다.

하지만 개인적인 수련에 한계를 느낀 나는 마법을 가르치는 학원으로 유명한 『바바드르 마법 학원』에 입학하고 싶다고 언니에게 말했다.

그곳이라면 【봉마의 숲】의 영향도 받지 않고, 무엇보다 회복 마법이 아닌 다른 마법도 쓸 수 있을지도 몰랐다.

그러면 바르샤 제국에서 회복 마법 이외의 마법을 쓸 수 있도록 하는 연구도 할 수 있을 거라고 생각했다.

하지만—.

"안 돼."

—언니는 조용히 그렇게 말했다.

"어째서?!"

"너도 나와 같은 바르샤 제국의 황족이야. 그런 너를 혼자만 밖에 내보낼 리가 없잖아."

"그, 그럼 호위도 같이 가면……."

"이 나라에 그럴 여유가 있을 것 같아? 지금은 어디든 빠듯해서 타국의 침략에 대비해 병사는 한 명도 움직일 수 없어. 아버지 때문에 조금도 긴장을 늦출 수 없는 상황이고, 지금 빈틈을 보이면 순식간에 카이젤 제국한테 잡아먹힐지도 몰라."

"그럴 수가……. 하, 하지만 만약 마법을 쓰게 되면 그건 바르샤 제국에 큰 힘이 될 거야!"

"하지만 그것도 확실한 건 아니잖아? 안타깝지만 지금까지 바르샤 제국 출신이 회복 마법이 아닌 다른 마법을 썼다는 이야기는 들은 적이 없어. 아마 오랜 세월 이 땅에서 지낸 탓에 몸이 적응해 버린 거겠지. 그러니까 다른 마법을 쓰는 건 무리야."

"그런 건 해 보지 않으면 모르잖아!"

"그래, 맞아. 하지만 해 보는 건 지금이 아니야. 좀 더 나라가 안정되어서 다른 데 신경 쓸 여유가 생기면 그때 처음으로 해 볼 수 있는 거야."

"그럼 언제까지고 언니를 지킬 수 없어……."

"어머, 나는 헬렌한테 지켜 달라고 할 생각 없어. 나야말로 너를 지켜야지. 하나뿐인 소중한 가족이니까."

"……."

언니의 말에 아무런 대꾸도 하지 못하고 그저 입을 다물 수밖에 없었던 나는 전혀 성장하지 않은 채였다.

하지만 내 속에 한 번 싹튼 힘에 대한 갈망은 멈추지 않았다.

그래서 나는 마침내 결단했다.

그날 밤, 성을 빠져나와 혼자 『바바드르 마법 학원』으로 향했다.

얼마나 언니에게 폐를 끼치고 걱정 끼칠지 알 수 없었다.

그래도 언니에게 보호받기만 하는 건 싫었다.

일단 편지는 방에 두고 나왔지만, 그것 가지고 언니의 불안이 해소되지는 않을 것이다.

그렇다면 어쩔 것인가.

『바바드르 마법 학원』에서 마법을 배우고 강해져서 돌아갈 수밖에 없다. 그리고 『바바드르 마법 학원』은 다양한 나라에서 다양한 입장의 인간이 모이니, 여기서 인맥이라도 만든다면 언니의 힘이 될 거라고 생각했다. 뭐, 나는 원래 남들과 잘 어울리지 못하니까 그 방면은 어려울 거라고 알고는 있었지만.

아마 돌아가면 크게 혼날 테고, 최악에는 내가 있을 곳이 없을지도 몰랐다.

그래도 언니의 힘이 되고 싶어서 나는 바르샤 제국을 뛰쳐나갔다.

다행히 내 이름만 봐서는 바르샤 제국의 황족임을 알 수 없었고, 학력과 마법 이외의 실기도 문제없었기에 별 탈 없이 입학할 수 있었다.

하지만 역시 마법이 문제라서, 나는 마법을 못 쓰는 낙오자 학급에 들어가게 되었다.

물론 그래도 포기하지 않고 마법을 쓸 방법을 찾았고, 담임인 베아트리스 선생님도 여러 가지로 손을 써 주셨지만 아무리 노력해도 마법을 쓸 수 없었다.

그래서 나는 점점 애가 탔고, 정말 무리일지도 모른다고 생각하기 시작했다.

다른 학생들도 나처럼 마법을 못 썼는데, 마법을 못 쓰는 것을 나보다 더 담담히 받아들이고 있는 것 같았다.

—하지만 마법을 쓰기 위한 나의 길은 여기서 끝나지 않았다.

갑자기 나타난 수상한 남자…… 세이이치 선생님 덕분에.

처음에는 담임이 베아트리스 선생님에서 세이이치 선생님으로 바뀐 것에 적잖이 저항감을 느꼈다. 베아트리스 선생님은 낙오자인 우리에게 늘 친절했기 때문이다.

그래서 베아트리스 선생님보다 더 우리를 신경 쓰며 마법을 쓸 수 있게 만들어 줄 선생님은 없을 거라고 생각했다.

하지만 세이이치 선생님은 그런 우리의 당연한 고정 관념과 온갖 상식을 전부…… 순식간에 날려 버렸다.

아니, 진짜 이해가 안 가는데? 지금까지 못 썼던 마법을 왜 갑자기 쓸 수 있는 거야? 지금까지 내가 한 노력은 뭔데? 싸우자는 거야?

이것저것 하고 싶은 말은 있지만, 세이이치 선생님은 그런 우리의 말문조차 막을 만큼 모든 게 터무니없어서 최종적으로는 생각하기를 그만뒀다. 생각해 봤자 피곤해지는걸.

마법을 쓰게 된 뒤로도 【마신교단】이 쳐들어오고, 카이젤 제국이 학원을 점령하는 등 절망적이고 어쩔 도리가 없는 상황의 연속이었는데, 세이이치 선생님은 상관없다는 듯 우리의 상상을 뚫고 나가는 형태로 해결해 버렸다.

하지만 카이젤 제국이 학원을 점령했을 때, 바르샤 제국의 상황을 알고 더더욱 서둘러서 힘을 손에 넣을 필요가 생긴 나는 다른 학생들과 달리 세이이치 선생님을 따라가기로 했다.

세이이치 선생님을 따라가면 『초월자』가 되지는 못하더라도 레벨을 높여 줄 거라고 생각했기 때문이다.

……실제로는 간단히 『초월자』가 되어 버렸지만.

이상하지 않아? 카이젤 제국이 어떤 방법을 써서 『초월자』를 양산하고 있고, 그래서 위협적이라고 다들 말하는 가운데, 왜 이렇게 간단히 『초월자』가 될 수 있는 거야? 어떻게 생각해도 카이젤 제국의 방법은 위험한 기운이 풀풀 풍기는 데 반해 이쪽은 평범하게 레벨을 올렸을 뿐인데?

세이이치 선생님과 함께 행동하기 시작한 뒤로 이해할 수 없는 일이 계속 이어진다.

레벨을 올리기 위해 찾아간 던전에서는 【마신교단】의 간부…… 그것도 혼자서 세계를 상대할 수 있을 듯한 완전 위험한 녀석이 나오고. 【절사】라니 그게 뭐야. 뭐든 즉사시킨다니 불합리한 것도 정도가 있잖아!

—그렇게 생각했는데, 설마 세이이치 선생님이 더 불합리할 줄은 몰랐다.

아니, 세이이치 선생님을 『불합리』라는 말로 정리하는 건 『불합리』라는 말에게 너무 버거운 일일 것 같다. 불합리를 넘어선 무언가를 표현하는 말로 『세이이치』라는 말을 만드는 편이 좋지 않을까.

어떻게 하면 그런 살벌한 능력이 무해하고 훌륭한 능력으로 바뀌는 거야. 그리고 【죽음】이 듣지 않는 건 또 뭔데? 【죽음】이 피해 가는 거야? 【죽음】을 직접 만진다니? 내 머리가 이상해진 건가.

생각해 봤자 소용없는 세이이치 선생님의 행동은 계속 이어져서, 무력화한 【마신교단】 간부의 소지품을 조사하다가 그 소지품의 효과로 어딘가로 날아가 버렸다.

다행히 사리아 씨와 알트리아 선생님의 도구로 세이이치 선생님과 연락은 된 것 같지만.

뭐, 새삼 세이이치 선생님을 걱정해 봤자 의미 없고, 나는 해야만 하는 일이 있었다.

조금이라도 빨리 바르샤 제국으로 돌아가서 언니를 돕는

거다.

나는 사리아 씨에게 뒷일을 전부 맡기고 서둘러 윔블그 왕국을 뛰쳐나와 카이젤 제국의 침공을 막으려고 했지만…….

세이이치 선생님의 영문 모를 방법으로 이미 저지됐다니 너무하지 않아? 내 결심을 돌려줘.

내가 얼마나 고민하고 애태우며 여기까지 왔는데.

그 모든 것을 순식간에 날려 버리다니 진짜 뭐야.

……하지만 그래도—.

"어서 와, 헬렌."

"……다녀왔어, 언니."

—서로 무사하니까 상관없나.

번외 루티아와 마왕군

“—다들 잘 지냈어?”

“““네! 루티아 님!”””

세이이치가 던전에 갔을 때, 루티아는 마왕군 사람들과 만나기 위해 루시우스를 찾아갔다.

루시우스는 지금 제아노스, 아벨 일행과 함께, 어디서 빌려 왔는지 모르겠지만, 세이이치의 부모인 마코토의 권유로 같은 집에서 살고 있었다. 심지어 어느새 월세 생활을 끝내고 확실하게 구입한 모양이라 지금은 어엿한 자기 집이었다.

그리고 그런 루시우스에게 직접 훈련받고 있는 마왕군도 그 집의 방을 빌리고 있었다.

오랜만에 만난 마왕군 사람들은 몰라보게 달라져 있었고, 어째선지 루티아를 보며 엉엉 울기 시작했다.

하지만—.

“잘 왔어! 아무래도 최근 영 뒤숭숭해서 걱정했어.”

그렇게 말하며 루시우스가 집 안쪽에서 나오자 마왕군 사람들은 갑자기 자세를 바로 했다.

“다들 왜 그래?”

""""……."""""

루티아의 물음에 마왕군 사람들은 얼굴만 파래질 뿐 대답하지 않았다.

루티아는 그런 그들의 모습에 고개를 갸웃하면서도 루시우스에게 시선을 돌리고 바로 본론으로 들어갔다.

"저기…… 오늘 제가 여기 온 데에는 이유가 있어요."

"아빠 때문이려나?"

"……윽!"

루시우스의 입에서 나온 말에 루티아의 눈이 휘둥그레졌다.

"아무래도 맞힌 모양이네."

"어떻게 그걸?"

"음…… 그냥 알았다고 말할 수밖에 없는데……. 그리고 시기적으로 말이 나올 때가 됐으니까."

"시기적으로요?"

"응. 너도 그렇지만, 오리가와 루루네도 아주 강해진 것 같고. 별난 동행자도 생긴 듯하고 말이지."

"……감사합니다."

"당연하지. 나는 주인님의 기사니까."

"어어…… 저는 그렇게 강하지 않은데요?"

조라는 원래 던전에 봉인되어 있었기에 레벨이 높지 않았다.

하지만 무엇이든 석화시키는 눈 자체가 매우 강력하여 전력으로는 나무랄 데가 없었다.

그리고 루루네는 루시우스를 만나기 위해 마코토의 집에 온 뒤로 계속 안절부절못하고 있었다.

"어이, 오리가. 네가 맛있는 음식이 있다고 해서 따라왔는데 그건 언제 먹을 수 있는 거지?"

"……그런 건 없어. 그렇게 말하면 먹보가 이쪽으로 올 걸 알기에 말한 거야."

"뭐라고?!"

예상치 못한 오리가의 발언에 루루네는 털썩 무릎 꿇었다.

"그, 그럼…… 맛있는 식사는……."

"……없어."

"커헉!"

루루네는 그 자리에서 힘이 다했다.

그 모습을 보고 루시우스가 쓴웃음을 지었다.

"으음…… 한 명은 뭔가 치명적인 약점이 있는 것 같지만…… 뭐, 상관없나!"

루루네를 신경 쓰지 않기로 한 루시우스는 다시 루티아를 보았다.

"너희도 강해진 것 같고, 내 생각에 슬슬 너희 아빠를 부활시켜도 될 것 같단 말이지."

"저기…… 루시우스 님. 제가 여기 온 건 단순히 루시우스 님도 슬슬 짬이 나실 것 같아서인데…… 아버지의 봉인을 풀려면 강해야 하나요?"

"물론이지!"

루시우스는 그렇게 말하더니 조금 진지해진 표정으로 이야기를 계속했다.

"지금 너희가 어디까지 아는지는 모르겠지만, 아마…… 너희 아빠가 봉인되어 있는 곳은 【마신교단】의 손에 떨어졌을 거야."

"네?!"

예상치 못한 발언에 루티아는 당황을 감추지 못했다.

"그, 그게 무슨……."

"으음…… 이쪽에 온 뒤로 이것저것 조사해 봤는데, 어떻게 생각해도 마족 측에 배신자가 있는 것 같단 말이지. 이전에 있었다는 마물 대침공이라든가, 네가 여기서 회합했을 때 있었던 대침공도 그렇고…… 너희의 움직임을 파악하고 있을 가능성이 커."

"그, 그럴 수가……."

루시우스의 말에 비틀거린 루티아를 조라가 부축했다.

"괘, 괜찮으세요?"

"……응, 고마워."

"아, 참고로 여기 있는 녀석들은 배신자일 리 없으니까 안심해. 그렇지?"

""""써, 옛썰!""""

"써, 써?"

원래 군인이긴 하지만, 마치 호랑이 교관 밑에서 단련 받은 것처럼 경례하는 마왕군 간부들을 보고 루티아는 더더욱 고개를 갸웃했다.

"그보다 중요한 건 마왕군 내에 배신자가 있고, 너희 아빠가 봉인된 곳을 그자가 지배하고 있다는 거야. 그곳은 마왕이 봉인된 만큼 여러 가지 힘이 휘몰아치고 있으니까. 마물을 강화하거나 약과 마법을 쓰기에 딱 좋은 곳 아닐까? 실제로 이곳을 침공했던 마물과 싸웠을 때, 나 말고 다른 마왕의 기운을 느꼈어."

"하, 하지만 그건 기분 탓 아닐까요."

"뭐, 기분 탓이라면 그건 그것대로 좋지. 하지만 내 예상대로 【마신교단】의 손에 떨어졌다면 이건 성가신 일이야. 너희가 모르는 함정이나 경비를 위한 마물, 그리고 『사도』가 있을 수도 있어."

"그럴 수가……."

루시우스의 이야기를 듣고 루티아의 머릿속은 엉망이 되었다.

마침내 아빠를 구할 수 있을지도 모르는데, 그걸 방해하는 배신자와 【마신교단】의 존재.

이제 어쩌면 좋을지 루티아도 알 수 없었다.

하지만 루시우스는 그런 루티아와 달리 여유롭게 웃었다.

"그렇게 긴장할 필요는 없지 않을까?"

"네?"

"네가 그곳을 되찾을 수 있도록 나는 이 친구들을 단련시킨 거야. 그렇지?"

""""써, 옛썰!""""

"이 아이들을 마왕국으로 돌려보내서 나라를 지키게 하고. 그사이에 너는 아빠가 봉인된 곳에 가는 거야. 그리고 거기 있을【마신교단】녀석들을 해치우면 해결이야!"

"해, 해결인가요……."

"저기…… 상황을 전혀 모르는 제가 보기에도 그렇게 간단히 해결될 것 같지는 않은데요……."

조라도 그렇게 느낄 만큼 루시우스는 가볍게 말했다.

"응~? 그런가? 적어도 너랑 오리가는 루티아를 도울 거잖아?"

"무, 물론이죠!"

"……응. 나도 도울 거고, 먹보도 도울 거야."

"왜 네가 내 행동을 결정하지?!"

"……맛있는 음식, 먹을 수 있어."

"좋아, 도와주지."

"……너무 쉽게 속아서 걱정돼."

방금 똑같은 수법에 속았으면서 루루네는 또 속았다.

그런 모두의 말에 루티아는 눈물을 글썽거렸다.

"……다들 도와주는 거야?"

"……응. 물론이지. 세이이치 오빠도 도와줄 거야. 틀림없어."

"오, 세이이치 군이 힘을 빌려준다면 이미 부활한 거나 다름없지 않을까? 잘됐다, 잘됐어!"

루시우스는 명랑하게 웃고서 바로 표정을 고쳤다.

"다만 나는 그쪽에 참가할 수 없어. 나는 따로 할 일이 있으니까."

"네?"

"나는 제아노스 군과 함께 흑룡신 던전에 갈 거야."

"……! 그 말은……."

루시우스는 쓴웃음을 지었다.

"하하…… 뭐, 오랫동안 기다리게 했으니까. 만나고 올게."

"……그렇군요."

루티아도 감개무량하게 여기며 고개를 끄덕였다.

"자, 그럼! 이왕 왔으니까 세이이치 군이 돌아올 때까지 부하들의 훈련을 보고 가도록 해."

""""네?!""""

루시우스의 예상치 못한 발언에 마왕군 사람들의 얼굴이 창백해졌다.

"뭐 해? 얼른 가. 아니면— 또 돌격하고 싶어?"

""""지, 지금 갑니다아아아아아아아아!""""

일제히 집에서 뛰쳐나가는 마왕군 사람들을 보고 루티아의 눈이 휘둥그레졌다.

—그리고 왜 다들 얼굴이 창백해졌는지, 그 이유를 곧 알게 되었다.

번외 란젤프의 고뇌

"……그 녀석은 왜 평범하게 지내질 못하는 거야?"

"역시 스승님입니다."

"물어볼 상대를 잘못 골랐군……."

윔블그 왕국의 국왕인 란젤프는 집무실에서 머리를 싸매고 있었다.

"왜 던전에 가서 【마신교단】의 간부를 데려오는 거야? 그것도 사리아 양과 알트리아 양의 이야기를 들어 보니 그 녀석의 능력이 전혀 다른 능력으로 바뀌었다고 하고……. 어? 내가 이상한 건가? 혹시 이게 보통이야?"

"보통이죠."

"그럴 리가 없잖아!"

여느 때와 다름없는 루이에스 앞에서 란제는 더욱 머리를 싸맸다.

"아니, 뭐, 몇 가지 정보가 손에 들어왔으니까 좋지만…… 그건 그것대로 고민거리란 말이지, 젠장……."

"『신도』라고 했던가요?"

"그래……. 『사도』만 있는 줄 알았는데 그보다 높은 직책이 나왔어. 귀찮으니 하나로 통합하란 말이다…….”

그렇게 말해 봤자 별수 없지만, 말하지 않을 수 없었다.

“심지어 뭐? 어떤 것이든 즉사시키는 【절사】? 그런 살벌한 능력을 가진 녀석들이 더 있다는 거잖아. 소국의 왕일 뿐인 나보고 어쩌라는 거야?!”

“힘낼 수밖에 없지 않겠습니까?”

“힘낸다고 어떻게 될 문제인가…….”

실제로 세이이치가 【절사】와 만나지 않았다면 피해는 커졌을 것이다.

그 정도로 데스트라의 능력은 흉악했고, 최강이라고 해도 지장이 없을 능력이었지만, 그것도 세이이치 앞에서는 무의미했다.

잇따라 날아드는 트러블에 지금 당장 일을 내팽개치고 싶은 마음을 꾹 참으며 란제는 의자 등받이에 몸을 기댔다.

그러자 그런 란제에게 루이에스가 대수롭지 않게 말했다.

“그렇게 신경 쓰셔도 별수 없지 않습니까. 그리고 언젠가 스승님께서 어떻게든 하실 겁니다.”

“너, 나날이 맹신적으로 변하고 있지 않아?”

“그렇습니까?”

“……그 감정이 귀여워지기를 기도하마.”

“네에?!”

란제의 말뜻을 이해하지 못하고 루이에스는 고개를 갸웃

했다.

“뭐, 네가 말한 대로 세이이치가 어떻게든 해 주는 게 가장 빠르겠지만…… 그 녀석도 몸은 하나고, 이 세계의 모든 상황을 파악하고 있지도 않아. 그 녀석이 세상을 전부 구할 이유도 없고.”

보통은 구할 힘이 있는 자에게 구제를 강제할 법하지만, 란제는 전혀 그러지 않았다.

“멍청한 카이젤 제국이 침공해 오고, 【마신교단】이 암약하고…… 정말 쉴 새가 없군. 뭐, 세이이치 덕분에 이 나라에는 제아노스 공과 루시우스 공이라는 엄청난 전력이 있으니까 조금은 안심이 되지만…… 이 두 사람도 우리에게 힘을 빌려줄 이유는 없단 말이지. 뭐, 이야기해 보니 그 두 사람은 평범하게 도와줄 것 같았지만……. 근데 그 두 사람도 세이이치의 관계자잖아? 정말 그 녀석한테는 아무리 감사해도 부족해.”

“당연하죠.”

“정말로, 너의 그 맹신이 이상한 방향으로 가지 않기를 기도하마.”

란제는 그렇게 말하고 한숨을 쉬었다.

“하아…… 별로 하고 싶진 않지만, 군비 확장과 군비 증강이 필요하겠어. 제아노스 공과 루시우스 공에게 전투 지도를 의뢰할까…….”

일국의 왕인 란젤프는 자국을 첫째로 생각하며, 현 세계 정세에 어떻게든 잡아먹히지 않도록 다양한 대책을 생각해 나갔다.

진화의 열매 10
~모르는 사이 성공한 인생~

초판 1쇄 발행 2022년 11월 10일

지은이_ Miku
일러스트_ U35
옮긴이_ 송재희

발행인_ 신현호
편집장_ 김승신
편집진행_ 권세라 · 최혁수 · 김경민 · 최정민
편집디자인_ 양우연
관리 · 영업_ 김민원

펴낸곳_ (주)디앤씨미디어
등록_ 2002년 4월 25일 제20-260호
주소_ 서울시 구로구 디지털로 26길 111 JnK디지털타워 503호
전화_ 02-333-2513(대표)
팩시밀리_ 02-333-2514
이메일_ lnovellove@naver.com
L노벨 공식 카페_ http://cafe.naver.com/lnovel11

ISBN 979-11-278-6601-3 04830
ISBN 979-11-5981-036-7 (세트)

값 7,800원